Amor fingido

EMILIE ROSE

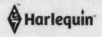

Editado por HARLEQUIN IBÉRICA, S.A.
Núñez de Balboa, 56
28001 Madrid

I.S.B.N.: 978-84-9000-895-9
Depósito legal: B-31645-2011
Editor responsable: Luis Pugni
Preimpresión y fotomecánica: M.T. Color & Diseño, S.L.
C/ Colquide, 6 portal 2 - 3º H. 28230 Las Rozas (Madrid)
Impresión en Black print CPI (Barcelona)
Fecha impresion para Argentina: 21.5.12
Distribuidor exclusivo para España: LOGISTA
Distribuidor para México: CODIPLYRSA
Distribuidores para Argentina: interior, BERTRAN, S.A.C. Vélez
Sársfield, 1950. Cap. Fed./ Buenos Aires y Gran Buenos Aires,
VACCARO SÁNCHEZ y Cía, S.A.
Distribuidor para Chile: DISTRIBUIDORA ALFA, S.A.

Capítulo Uno

–Dijiste que era urgente y aquí estamos –Gavin Jarrod entró con su hermano mayor, Blake, en la oficina de Christian Hanford el lunes por la mañana.

Y no era una buena manera de empezar la semana.

El abogado que administraba el legado de su difunto padre señaló las sillas que había frente a su escritorio.

–Os agradezco mucho que hayáis venido. Pero, desgraciadamente, no tengo buenas noticias.

Gavin miró a su hermano como diciendo: «¿y ahora qué?».

–Como ninguna de las noticias que hemos recibido tras la muerte de mi padre ha sido buena, no me sorprende. Empezando por esa petición de que dejásemos nuestras carreras en suspenso para pasar un año en Jarrod Ridge o perderíamos nuestra parte de la herencia.

Christian Hanford asintió con la cabeza.

–Esto tiene que ver con los permisos necesarios para construir el nuevo bungaló que has diseñado para el hotel.

Gavin intentó disimular su frustración. Sólo su padre podía intentar controlar sus vidas desde la tumba.

–¿Cuál es el problema? Estamos a primeros de noviembre y necesitamos que empiecen a hacer el movimiento de tierras antes de que el suelo se congele.

–No podemos conseguir los permisos porque esas tierras no le pertenecen a tu padre.

–¿Qué? –exclamaron Gavin y su hermano al mismo tiempo.

Blake se echó hacia delante en la silla.

–Esa parcela está en medio de la propiedad, ¿cómo no va a pertenecer a la familia?

Christian sacó un mapa de Jarrod Ridge y después de extenderlo sobre el escritorio hizo una X en una zona marcada en rojo.

–Aquí es donde queréis construir. Pero cuando investigamos la escritura, descubrimos que vuestro abuelo transfirió la propiedad de esta parcela a Henry Caldwell hace cincuenta años.

Gavin intentó recordar ese nombre pero no le decía nada. Claro que, aunque había pasado los primeros dieciocho años de su vida en Aspen, no había ninguna razón para que recordase a la gente de allí. Había escapado del pueblo y de su dominante padre cuando terminó la carrera, diez años antes, y sólo había vuelto porque no tenía más remedio que hacerlo.

Y decir que su padre y él no se habían llevado bien sería decir poco.

–¿Quién demonios es ese Caldwell?

–El propietario del Snowberry Inn, un hostal que lleva tantos años en Aspen como Jarrod Ridge.

–¿Y por qué le vendió nuestro abuelo esa parcela… con una mina condenada en el centro de la propiedad, además?

La vieja mina había sido uno de los escondites favoritos de Gavin cuando era niño. Sus hermanos y él habían pasado incontables horas recorriendo sus túneles y, en la época del instituto, Gavin solía llevar allí a sus novias.

–La cuestión es por qué querría nadie comprarla –intervino Blake–. No hay suficiente plata como para que la extracción dé beneficios.

–Ésa es la parte interesante. He descubierto que vuestro abuelo no vendió la parcela, la perdió en una partida de póquer –respondió el abogado.

Gavin y Blake lo miraron, sorprendidos.

–Muy bien, entonces se la compraremos –dijo Gavin.

Christian Hanford hizo una mueca.

–Buena suerte. Según las cartas que hemos encontrado en el archivo, vuestro padre intentó convencerlo para que vendiera en múltiples ocasiones, pero Caldwell siempre se ha negado a vender.

Blake se echó hacia atrás en la silla, más relajado de lo que debería después de haber recibido una noticia que se cargaba todos sus planes.

–El proyecto básico para un bungaló totalmente privado y de alta seguridad ya está hecho. Hemos contratado a la constructora y hemos pedido los materiales porque no esperábamos tener este problema, pero habrá que buscar otra parcela...

–No, de eso nada –lo interrumpió Gavin–. No estoy dispuesto a perder el único sitio de la finca que tiene buenos recuerdos para mí. Convenceré a Caldwell para que venda.

Blake esbozó una sonrisa.

–Quieres hacer lo que papá no pudo.

Gavin sonrió también. Su hermano lo conocía mejor que nadie y sabía de su naturaleza competitiva. Él nunca se arredraba ante un reto.

–No me importaría nada ganarle la partida. Y seguramente se revolverá en su tumba cuando lo consiga.

–Si lo consigues –dijo su hermano.

–Lo haré.

Tener dos hermanos mellizos que a menudo se unían contra él le había dado a Gavin una vena obstinada, pero esa misma vena lo había llevado a lo más alto en su trabajo como ingeniero.

Blake sacó un billete de cien dólares de la cartera que dejó sobre el escritorio. Y, al hacerlo, Gavin vio algo dorado en el dedo anular de su hermano...

¿Qué demonios era eso? No podía ser lo que él pensaba.

Pero lo primero era lo primero: la mina. Hablarían de ese anillo cuando salieran del despacho de Christian.

–Te apuesto cien dólares a que no lo consigues –lo retó Blake–. Papá era un estirado y un tirano, pero también un hombre de negocios extraordinario. Si hubiese habido alguna forma de recuperar la parcela, él la habría encontrado.

Gavin sacudió la cabeza mientras sacaba un billete de cien dólares de la cartera.

–Acepto la apuesta. Si algo me ha enseñado la ingeniería es que hay una solución a todos los problemas. Es cuestión de si estás dispuesto a pagar el precio que te pidan. Lo único que tengo que hacer es descubrir cuál es el precio de Caldwell y la parcela será nuestra.

–¿Se puede saber qué demonios llevas en el dedo, Blake? –le preguntó Gavin cuando salieron de la oficina de Christian.

Su hermano sonrió con una expresión tan satisfecha como si acabara de tomar un almuerzo de cinco platos.

–Samantha y yo nos hemos casado en Las Vegas.

Gavin lo miró, perplejo.

–Pensé que habías ido a Las Vegas para trabajar en tu hotel.

–No, esta vez no. Fuimos allí a casarnos y a pasar la luna de miel. Pensábamos contárselo a la familia esta noche.

–¿Te has vuelto loco?

Blake lo miró a los ojos.

–Pues sí. Loco de felicidad.

–Samantha lleva años con nosotros y nunca te habías fijado en ella. De hecho, siempre dices que no se deben mezclar los negocios con el placer a menos que quieras que el placer te acabe dando la patada.

Su hermano carraspeó.

–¿Qué puedo decir? Tardé un poco en darme cuenta.

–Lo has hecho porque no quieres perderla como ayudante, ¿verdad?

–Nuestra relación empezó así, pero ahora es mucho más que eso. Estoy enamorado de ella.

Gavin soltó una carcajada, pero enseguida se dio cuenta de que su hermano no estaba bromeando. La expresión de Blake era muy seria.

–Lo dirás de broma.

–No, hablo en serio. El amor es la única razón para dar ese paso.

En el mundo de Gavin, no. En su mundo, el amor era algo que había que evitar a toda costa. Algo tan peligroso como colocarse delante de un tren en marcha o tirarse desde un puente.

–¿Estás diciendo que quieres a Samanta hasta que la muerte os separe y todo eso?

–Exactamente.

Blake parecía muy contento en lugar de infeliz. ¿Cómo era posible? En fin, daba igual, la euforia no duraría demasiado. Su hermano era un adicto al trabajo como él y las mujeres odiaban eso. Y cuando se cansaban de estar solas, hacían la maleta y se marchaban.

–¿Está embarazada?

–No que yo sepa, pero no me importaría nada que así fuera.

–¿Has firmado un acuerdo de separación de bienes?

–No me preocupa eso.

–Blake, no sabía que fueras tan tonto –exclamó Gavin.

–Y no lo soy. De hecho, creo que estoy viendo las cosas con claridad por primera vez en mi vida. Samantha es la única mujer en la que confío por completo.

«Pobre idiota».

–¿Lo has arriesgado todo aun sabiendo que papá se volvió loco cuando perdió a mamá?

–Yo me volvería loco si fuese tan cobarde como para no intentar que esto funcionase.

–¿No puedo convencerte para que anules ese matrimonio?

–No –respondió Blake, fulminándolo con la mirada–. Y sugiero que te olvides del asunto. Si no recuerdo mal, a ti te cae bien Samantha.

–Como tu ayudante, por supuesto. Es muy buena en su trabajo, seguramente la mejor que has tenido nunca. ¿Pero casarte con ella? –Gavin fingió un escalofrío.

–Sí, casarme con ella. Y tú deberías probarlo, por cierto.

No, de eso nada. Trevor y él eran los únicos a los que no habían echado el lazo en los últimos meses. Afortunadamente, él no era tan susceptible.

–Entonces, lo único que puedo hacer es desearte suerte y decirte que estaré ahí cuando me necesites.

–¿Para recoger los pedazos? No creo que necesite tus servicios.

–Eso esperas.

–No, estoy seguro. Samantha es la mujer de mi vida, la única.

Gavin abrió la boca para seguir con la discusión pero se tragó sus palabras. Blake estaba encandilado con Samantha y probablemente tenía el cerebro hecho agua con tanto sexo. No iba a conseguir que cambiase de opinión y lo único que podía hacer era esperar que cuando el matrimonio se rompiese, Samantha no se llevara con ella una porción de Jarrod Ridge.

***

El hostal Snowberry Inn era tan acogedor como el hotel Jarrod Ridge opulento, decidió Gavin mientras observaba el edificio de estilo victoriano. Situado casi en el centro del pueblo, tenía un encanto que recordaba al boom minero de 1880, mientras el hotel de su familia atendía a clientes adinerados que exigían un servicio de primera clase.

Gavin bajó de uno de los lujosos Cadillac de la flota de Jarrod Ridge y fue recibido por unos martillazos. Sorprendido, miró alrededor; el frío del otoño en las montañas le congelaba el aliento. El hostal estaba en una zona inmejorable, donde el metro cuadrado valía miles de dólares, y los clientes podían ir paseando al distrito de galerías de arte, boutiques de diseño y restaurantes de cinco tenedores con vistas al río Fork. Y tenía una parcela relativamente grande detrás de la estructura principal.

Gavin recorrió un camino flanqueado por desnudos álamos y acebos cubiertos de hojas, cuyos frutos rojos brillaban bajo los últimos rayos del sol. Parecía como si hubiera pasado una eternidad desde que sus hermanos y él usaban esas bayas como munición para sus tirachinas cada vez que podían escapar de su padre.

Aunque la estructura del hostal parecía sólida, al exterior le iría bien una mano de pintura, pensó. La barandilla crujió cuando apoyó en ella la mano para subir los escalones que llevaban al porche. Y habría que arreglar esa barandilla también, pero con la oferta que pensaba hacerle, Caldwell tendría dinero con el que cubrir los gastos para las reformas.

En lugar de llamar al timbre, Gavin siguió el sonido de los martillazos hasta la parte de atrás, esperando encontrar a Caldwell o a alguien que le dijese dónde localizarlo. Pero lo que encontró fue a una mujer con un parka rojo, de espaldas a él, con unos rizos oscuros que escapaban de su gorro de lana.

No, definitivamente, no era Henry Caldwell.

–¡Maldita sea! –exclamó ella entonces, soltando el martillo de golpe.

–¿Se ha hecho daño?

La mujer se volvió, sujetándose el pulgar de la mano izquierda con la mano derecha y mirándolo con unos enormes y brillantes ojos azules.

–¿Quién es usted?

–Gavin Jarrod. ¿Necesita ayuda?

–¿Ha venido buscando habitación? –le preguntó ella.

–No, he venido a ver a Henry Caldwell.

Gavin, automáticamente, inspeccionó a la chica: unos veinticinco años, piel clara, más bien alta y probablemente delgada bajo ese enorme parka rojo. En resumen, guapísima. No estaría mal conocerla un poco mejor, pensó.

Luego examinó su problema: un clavo torcido en la barandilla del porche. No era un trabajo fácil para un aficionado.

–Espere, deje que la ayude.

Gavin se inclinó para tomar el martillo, demasiado pesado para una mujer, y hundió el clavo de un solo golpe.

–Ya está.

–Gracias –dijo ella. Apretando la mano izquierda contra su cuerpo, tomó el martillo con la derecha.

–Deje que le eche un vistazo a ese dedo –Gavin tomó su muñeca para inspeccionar el enrojecido pulgar. La uña estaba intacta y no había sangre debajo.

Pero el calor de su piel calentó la suya, haciendo que su pulso se acelerase. ¿Soltera? No llevaba alianza, comprobó, mientras pasaba un dedo por el suave dorso de su mano…

Pero ella la apartó de inmediato.

Una pena. No había reaccionado así con una mujer en mucho tiempo.

–No es nada, pero debería usar guantes de trabajo.

Tenía unas pestañas larguísimas, observó. Y no llevaba ni gota de maquillaje.

–No podía sujetar el clavo con los guantes –dijo ella–. ¿Henry lo espera? No me ha dicho que tuviera una cita con nadie.

–No, no me espera –respondió Gavin. Quería pillarlo por sorpresa y tal vez conseguir que vendiera por impulso.

–¿Vende algo? –le preguntó la joven.

–No. Por cierto, no me ha dicho su nombre…

–No, no se lo he dicho –ella tomó del suelo una caja de clavos y le hizo un gesto con la mano–. Sígame.

Gavin tuvo que sonreír mientras entraban por la cocina, donde fueron recibidos por un delicioso aroma a asado y pan recién hecho que lo hizo salivar.

–Espere aquí –dijo la joven cuando llegaron al salón–. ¿Puede decirme sobre qué quiere ver a Henry?

Gavin carraspeó.

–Sobre una antigua apuesta.

Ella frunció el ceño.

–¿Le debe dinero?

–No, no –se apresuró a decir él. Y eso era todo lo que iba a sacarle. Por atractiva que fuese, no pensaba contarle nada sobre el asunto… a menos que fuera mientras cenaban.

Ella lo miró sin disimular su curiosidad.

–No parece uno de sus colegas de póquer.

–No lo soy.

–¿Entonces?

–Es un asunto personal.

–Muy bien, voy a ver si mi… Henry está disponible.

Gavin no había salido con nadie desde que llegó a Aspen y aquella chica tan guapa le recordaba que llevaba algún tiempo solo. Sin poder evitarlo, se quedó mirándola hasta que salió del salón.

Sí, definitivamente, tendría que invitarla a cenar. Y con un poco de suerte… Su corazón empezó a latir con más fuerza, como aprobando el plan.

Gavin se desabrochó la chaqueta de esquí y miró alrededor. Aunque los muebles eran antiguos, no era uno de esos sitios donde uno temía romper algo. Predominaban el terciopelo y las telas de colores, pero no tanto como para que su masculinidad se viese amenazada. No estaba mal, tuvo que reconocer. Pero, por supuesto, no era competencia para el Ridge.

–¿Es usted pariente de los Jarrod de Jarrod Ridge? –escuchó la voz femenina tras él.

No la había oído regresar. Se había quitado el

parka y debajo llevaba un jersey de cuello vuelto en color malva que se ajustaba a su torso... con curvas en los sitios adecuados. Muy agradable, desde luego.

–Sí.

Ella frunció los labios, como si esa respuesta no le complaciera, y Gavin se dio cuenta de que se había puesto un poco de brillo. Ah, buena señal. Si no estuviera interesada, no se habría molestado.

–Mi abuelo vendrá enseguida.

–¿Su abuelo?

–Sí.

Esa revelación mataba cualquier posibilidad de acabar en la cama con ella, pensó Gavin. No podía arriesgarse a malograr la compra del hostal. Los negocios eran lo primero, especialmente los negocios familiares. Pero tal vez cuando hubieran finalizado la transacción...

No podía imaginar estar un año sin sexo, pero había roto con su última novia dos meses antes de la muerte de su padre y, por el momento, ninguna de las mujeres que había conocido en el hotel lo había tentado como aquélla.

–No es usted de aquí, ¿verdad? –le preguntó.

Aunque, en realidad, había pocos nativos de Aspen; el pueblo estaba lleno de turistas o celebridades que iban allí para ser fotografiados en las pistas de esquí.

–No –respondió ella, cruzando los brazos sobre el pecho en un gesto protector, desafiante y delicioso.

«Cuidado, chico».

–He viajado por todo el mundo, pero no podría decir de dónde es su acento.

–Mejor.

Vaya, parecía enfadada con él.

–¿He hecho algo que la haya molestado, señorita Caldwell?

–Taylor.

Gavin levantó una ceja.

–Mi apellido es Taylor –le aclaró ella.

Pero no dijo nada más. Aparentemente, la señorita Taylor era, como él, muy discreta con sus revelaciones.

–¿Casada?

Ella apartó la mirada, pero no tan rápido como para que Gavin no viera un brillo de dolor en sus ojos azules.

–No, ya no. ¿Quiere algo? ¿Un café, un té? Normalmente tomamos el té a las cuatro.

Eso le daría una excusa para salir de la habitación y Gavin no estaba dispuesto a dejarla escapar.

–No, gracias. ¿Ha venido a visitar a su abuelo?

–No –respondió ella–. Me encargo de llevar el hostal.

–¿Lleva mucho tiempo haciéndolo?

–Algún tiempo, sí.

Gavin estuvo a punto de reír ante tan sucinta respuesta. Nunca había conocido a una mujer tan poco dispuesta a dar información sobre sí misma. Él estaba acostumbrado a chicas que charlaban sin descanso y tendría que emplear una estrategia diferente si quería sacarle algún detalle.

–Yo nací aquí, pero me marché hace años. Y sólo estaré en Aspen durante… algún tiempo.

–Sí, me lo habían dicho.

–¿Ah, sí?

–No se emocione. No he estado haciendo averiguaciones sobre los Jarrod. En un pueblo de seis mil habitantes, donde la mayoría de ellos sólo están de paso, los rumores corren como la pólvora. La muerte de su padre y las estipulaciones de su testamento son temas calientes. Por cierto, mi más sentido pésame.

–Gracias –dijo Gavin, mientras intentaba digerir esa respuesta–. Pero si los rumores corren como la pólvora, imagino que también sabrá que mi padre y yo no nos llevábamos bien.

–No, eso no lo sabía

–Sólo estaré aquí siete meses más y luego me iré.

–Usted se lo pierde. Aspen es precioso.

Él la miró de arriba abajo.

–Precioso, desde luego, pero no tan cálido como a mí me gustaría.

La joven irguió los hombros de nuevo. Evidentemente, sabía que se refería a ella y no al clima.

–Es usted lo bastante mayorcito para saber que uno no siempre consigue lo que quiere.

Un carraspeo interrumpió la conversación. Un hombre alto y delgado de espeso pelo blanco y los mismos ojos azules que su nieta acababa de aparecer en la puerta del salón.

–Jarrod, ¿eh?

–Soy Gavin Jarrod, sí. Y me gustaría hablar con usted…

Caldwell levantó una mano.

–Sabrina, sé un ángel y tráeme un café. Cuando despierto de mi siesta siempre tengo la cabeza abotargada.

16

Gavin contuvo el deseo de mirarle el trasero a la morena mientras salía de la habitación.

–Disculpe si lo he despertado, señor Caldwell.

El hombre hizo un gesto con la mano.

–No, me dormí viendo las noticias. Son deprimentes… todo son desgracias, aunque las cuenten chicas rubias con minifalda y tacones. Además, era hora de despertar. No puedo pasar dormido lo que me queda de vida. ¿Qué puedo hacer por ti, Gavin Jarrod?

–Me gustaría comprar la propiedad que mi abuelo perdió en esa partida de póquer.

–Debería haber imaginado que intentarías retomar lo que dejó tu padre –Henry Caldwell sacudió la cabeza–. Molestarme con eso parece ser lo único que interesa a los Jarrod. Pero al menos tú tienes redaños para venir a hacerlo en persona en lugar de a través de abogados. No se puede respetar a un hombre que no hace el trabajo sucio.

Gavin intentó digerir esa animosidad.

–Como sin duda usted sabrá, la mina no tiene valor.

–Eso depende de lo que uno considere valioso.

«Críptico el viejo».

–Pero la parcela está en medio de la propiedad Jarrod.

–Y que yo sea el propietario es como un grano en el trasero, ¿verdad? A tu padre también lo volvía loco –el hombre sonrió, mostrando una telaraña de arrugas alrededor de sus perceptivos ojos azules.

–Mi hermano mayor y yo querríamos construir un bungaló en esa propiedad.

–¿No tenéis suficiente? Ya hay muchos, y hoteles por todas partes, aparte de la casa principal.

–Éste sería un alojamiento diferente… para clientes que necesiten más privacidad y más seguridad de la que hay en los hoteles normales.

Henry hizo una mueca.

–Actores de Hollywood que vienen a pasar una semana con quien no deberían, claro.

–Nosotros estábamos pensando más bien en políticos y jefes de estado.

–Me da igual, como si viniera el presidente. Esa parcela no está en venta.

Gavin intentó contener su frustración.

–¿Para qué le sirve a usted, señor Caldwell? No hay carretera de acceso, de modo que no puede construir. Ni siquiera puede llegar allí sin obtener un permiso para cruzar nuestra propiedad.

–¿Tú crees? Hijo, llevo cincuenta años visitando esa mina… y sé que tú eras uno de los que solía acampar allí por las noches.

Interesante. Hasta que volvió por allí, Gavin no había visto señales de que nadie, aparte de sus hermanos y él, hubieran pasado por la mina. La entrada estaba bien escondida.

–Sí, es cierto. Mis hermanos y yo solíamos ir allí, pero seguramente yo pasaba más tiempo que mis tres hermanos juntos.

–Y luego lo dejabas todo limpio.

–Nuestro padre nos tenía prohibido ir allí y no queríamos dejar rastro.

–Os lo prohibió porque la mina no es vuestra.

–Un hecho del que no nos dijo nada y que nos encantaría rectificar. Estoy dispuesto a ofrecerle…

–Da igual lo que me ofrezcas –lo interrumpió Henry Caldwell–. No voy a vender. ¿Cuál de ellos eres tú, el arquitecto, el ingeniero, el director de marketing o el restaurador?

Caldwell parecía saber mucho sobre los Jarrod, pensó Gavin. Pero considerando que llevaba en Aspen toda la vida, no era sorprendente.

–Soy ingeniero. Mi hermano Blake es arquitecto… él es quien ha diseñado el bungaló que nos gustaría construir. Y nuestra oferta es más que generosa.

–No me importa el dinero.

–A su hostal le vendría bien una reforma.

Caldwell soltó un bufido.

–Ya la haremos.

–Pero sólo faltan unas semanas para que abran todas las pistas de esquí.

–¿No me digas?

A Gavin no le gustaba mezclar asuntos personales con temas profesionales porque eso le daba al oponente cierta ventaja, pero no tenía más remedio que hacerlo.

–Señor Caldwell, usted no lo sabe pero esa mina tiene valor sentimental para mí. Pasé gran parte de mi juventud allí y guardo muy buenos recuerdos.

Esos intensos ojos azules se clavaron en los suyos.

–No habías vuelto a venir por aquí, pero parece que tienes muchos lazos con este sitio. Podría ser que la montaña te hubiera clavado sus garras. Algunos dicen que cuando eso pasa, no puedes librarte nunca.

No, en realidad Gavin quería marcharse de allí

en cuanto hubiera cumplido con las obligaciones impuestas por el testamento de su padre.

—Nuestros planes preservarían la mina y su valor histórico. El bungaló se mezclaría totalmente con el paisaje…

—No estoy interesado en vender.

—¿Y qué puedo hacer para que cambie de opinión? ¿Le gustaría ver los planos?

—No estoy interesado en los planos.

Gavin apretó los dientes con tal fuerza que tuvo suerte de no romperse una muela. Debía encontrar la manera de llegar a aquel hombre y en ese momento tenía la mente en blanco, de modo que sacó un sobre del bolsillo y se lo ofreció.

—Eche un vistazo al precio que estamos dispuestos a ofrecer.

Cuando Caldwell no se molestó en aceptar el sobre, él mismo lo dejó sobre la mesa de café.

—Piénselo. Y gracias por su tiempo.

Gavin se dirigió a la puerta.

—¿Qué te ha parecido Sabrina? —le preguntó Caldwell entonces.

Él se dio la vuelta, sorprendido.

—¿Perdone?

—Te ha gustado, ¿verdad?

¿A qué estaba jugando el viejo?

—Su nieta es muy atractiva.

Caldwell asintió con la cabeza.

—Sí, es guapa, eso seguro. Como su abuela, mi Colleen. Cierra la puerta.

Sin saber adónde iba la conversación, Gavin obedeció. El sobre seguía sobre la mesa, donde lo había dejado.

–¿Cuánto interés tienes en comprar esa parcela?

–Me gustaría que la propiedad Jarrod estuviese completa.

Caldwell se rascó la barbilla.

–Podríamos intercambiar favor por favor.

Henry Caldwell parecía lúcido, pero Gavin empezaba a preguntarse si estaría en sus cabales.

–No lo entiendo.

–Cásate con Sabrina y te venderé la parcela.

Fue como si alguien lo hubiera golpeado en el plexo solar. ¿Por qué todo el mundo estaba obsesionado con el matrimonio últimamente? Primero Blake, ahora esto…

–¿Casarme con ella?

–Sólo así te venderé la parcela.

Gavin negó con la cabeza. Caldwell tenía que estar senil, pero no podía ofenderlo.

–Acabo de conocer a Sabrina, señor Caldwell, y no sé si se ha dado cuenta pero ella no parece particularmente impresionada conmigo.

El hombre sonrió.

–Está interesada, te lo aseguro.

Gavin tragó saliva.

–¿Se lo ha dicho ella?

–No, pero lo sé.

Aquella conversación era completamente irreal. ¿Qué problema tendría aquella chica que su propio abuelo tenía que chantajear a alguien para que se casara con ella?

–Señor Caldwell, no me conoce lo suficiente como para desear que me case con su nieta.

–Mi Colleen fue una de esas novias por correo.

Antes se hacía mucho… no la vi hasta el día de la boda. Pero hubo química entre nosotros desde que fui a buscarla a la estación. Lo mismo ha pasado entre Sabrina y tú.

Gavin no se molestó en negar la atracción.

—Me alegro de que a usted le fuera bien, pero yo no estoy interesado en casarme. Mi trabajo me obliga a ir de un sitio a otro continuamente y no suelo quedarme en ningún lugar más de seis meses o un año. Ninguna mujer quiere vivir así.

Y él lo había descubierto de la forma más dura posible.

—Las montañas te llaman, Gavin Jarrod. Corteja a Sabrina, cásate con ella y te venderé la parcela por la cantidad que hayas escrito en ese papel —insistió Caldwell, señalando el sobre.

—Pero si aún no ha visto la oferta…

—Ya te he dicho que el dinero no tiene importancia para mí.

Demonios. Si le pidiera cualquier otra cosa… ¿pero casarse?

—Lo siento, señor Caldwell, pero no soy su hombre.

—Sabrina es lo único que me queda. Y puede que no te hayas dado cuenta, pero ya no soy ningún jovencito. Tengo setenta y cinco años y mi salud ya no es la que era… pero eso queda entre mi médico y yo. Sabrina no tiene por qué saberlo —Caldwell hizo un gesto con la mano—. Cuando yo me vaya, no habrá nadie que cuide de ella porque mi hijo y su mujer, que están en las nubes, no tienen interés en vivir aquí. Y yo quiero dejar a Sabrina casada antes de morir.

La preocupación que había en los cansados ojos azules hizo que Gavin sintiera una opresión en el pecho.

«Serás tonto, está jugando contigo».

—Yo no soy el hombre que busca –repitió.

—Yo creo que sí. Y que hayas rechazado la proposición sabiendo que Sabrina lo heredará todo cuando yo muera me confirma que no estoy equivocado. No he hablado contigo más de diez minutos, Gavin Jarrod, pero ya sé que eres más hombre que tu padre. Él utilizó la tierra, derribando todo lo que se ponía en su camino sin pensar en nada más que en los beneficios que iba a conseguir. Tú, tan interesado en una mina que no da un céntimo, demuestras ser más inteligente. Tú respetas la tierra y la naturaleza.

«Cierto».

—Eso es mucho suponer, señor Caldwell.

—Sé que no estoy equivocado. Y sé que tratarás a mi nieta con el mismo respeto.

Gavin dio un paso atrás.

—Lo siento, la repuesta sigue siendo no.

—Si piensas esperar hasta que estire la pata para comprarle la propiedad a Sabrina, olvídalo. Si me muero antes de que ella se case, le dejaré esa parcela al Departamento de Parques Nacionales en mi testamento.

Maldita fuera. El Departamento de Parques Nacionales les impediría construir una carretera. Jarrod Ridge perdería incluso más parcelas y tendrían que lidiar con turistas y curiosos paseando por todas partes…

—Si aceptas, tengo una estipulación más que hacer

–siguió Henry–. No quiero que Sabrina sepa nada sobre este acuerdo, ¿me oyes? La cortejarás como hay que cortejar a una mujer. Sabrina no se casará contigo si no está enamorada de ti.

En opinión de Gavin, hacer que una mujer se enamorase con falsas premisas era lo más bajo que un hombre podía caer. ¿Cómo podría respetarse a sí mismo si hiciera eso?

–Si quieres esas dos hectáreas de terreno –siguió Caldwell–, ésta es la única forma de conseguirlas. Ése es el trato, o lo tomas o lo dejas.

Aquel hombre estaba loco.

Un golpecito en la puerta precedió a Sabrina, que llevaba una bandeja en la mano. Gavin la miró, notando que su pulso se había acelerado.

¿Casarse con ella?

«Hay cosas peores que estar casado con una mujer guapa».

Aquélla tenía que ser la proposición más absurda que había oído en toda su vida…

Entonces, ¿por qué seguía allí?

Si casarse con Sabrina era la única manera de tener éxito donde su padre había fracasado y evitar que su familia perdiese más hectáreas de terreno, ¿qué otra cosa podía hacer? Por su familia y por Jarrod Ridge, tenía que aceptar el trato.

Pero el matrimonio sería temporal, pensó. Una vez que volviera a su trabajo como ingeniero, viajando continuamente de un lado a otro, la relación moriría de muerte natural… como había ocurrido con el resto de sus relaciones.

Una triste manera de empezar una relación, planeando su final.

Pero se sentía atraído por Sabrina y la idea de compartir cama con ella era muy apetecible.

Claro que necesitaría un acuerdo de separación de bienes.

–¿Queréis algo más? –preguntó ella, mirando de uno a otro con gesto receloso. Y Gavin tuvo que contener una punzada de deseo.

–No, cariño, nada más –respondió Caldwell.

Sabrina salió de la habitación, pero no sin antes mirar a Gavin con gesto de advertencia, como si no se fiara de él.

Gavin respiró profundamente, esperando recuperar la cordura y encontrar una solución más sensata. Pero no fue así.

–Muy bien, de acuerdo –dijo por fin.

Capítulo Dos

Su abuelo había cerrado la puerta.

Sabrina no recordaba que su abuelo la hubiera dejado fuera de una conversación y culpaba al inesperado visitante, que ni siquiera se había molestado en llamar para pedir una cita, por tan sorprendente exclusión.

Gavin Jarrod era el epítome de todo lo que ella odiaba en los clientes de la temporada de esquí: niños ricos como él, con su pelo cortado a la perfección, sus caras perfectas y sus cuerpos de gimnasio paseándose por el pueblo como si fuera suyo. Gente que tiraba el dinero y esperaba que todo el mundo les rindiera pleitesía, como si los propietarios de las tiendas y los locales de la zona debieran besar por donde ellos pisaban con sus carísimas botas de esquí.

Bueno, pues ella no estaba dispuesta. Había tenido que soportar esa actitud arrogante en el exclusivo colegio privado al que la habían enviado sus padres, donde sus compañeros se habían encargado de dejar bien claro que no era uno de ellos. Como si ser la hija de un profesor la hiciera genéticamente inferior a alguien nacido en una familia rica.

Sabrina tomó un paño y se dispuso a limpiar el polvo, intentando contener la rabia y la preocupación que sentía. Ella sabía que la salud de su abuelo no era tan buena como cuando llegó allí tres años antes. Ahora dormía más, comía menos y le resultaba difícil dedicarse a las labores de mantenimiento, un trabajo que antes hacía con entusiasmo. Pero no quería contratar a nadie. Siempre decía que iba a hacer esto o lo otro, pero la lista de cosas que hacer aumentaba y el día de Acción de Gracias, la fecha que marcaba la llegada de clientes en la temporada invernal porque se abrían las pistas de esquí, estaba a la vuelta de la esquina, estuviera preparado el hostal o no. Y a menos que ocurriera un milagro, aquel año el hostal no estaría preparado.

¿Estaría Gavin Jarrod interesado en comprarlo?, se preguntó entonces. No imaginaba que su abuelo estuviera dispuesto a dejarle las riendas a otra persona, pero ese día tendría que llegar tarde o temprano, pensó con tristeza. Esperaba, rezaba, para que se las dejase a ella, pero unos meses antes, mientras limpiaba la oficina, en su escritorio había encontrado un folleto sobre donación de propiedades al Patrimonio Nacional. Cuando le preguntó por ello, su abuelo le había dicho que no debía preocupase, que lo tenía todo controlado.

¿Pero cómo no iba a perder el sueño? Si donaba el hostal a Patrimonio Nacional, tendría que encontrar otro trabajo y un sitio en el que vivir.

Y lo único que podía hacer mientras tanto era intentar ayudar un poco más. Sabrina miró su dedo hinchado. La carpintería no era lo suyo, pero mejoraría con la práctica, se dijo.

La puerta del salón se abrió en ese momento y, tras ella, escuchó unos pasos firmes y seguros que no eran los de su abuelo.

–Gracias por el café y el pastel.

¿Quién era Gavin Jarrod y de qué había ido a hablar con su abuelo?

Con desgana, porque no le apetecía mirar esos ojos castaños con puntitos dorados, Sabrina se dio la vuelta.

–De nada.

–El pastel de zanahorias y coco estaba riquísimo, señorita Caldwell... digo Taylor.

Sabrina tragó saliva. Eran unos ojos preciosos, desde luego, pero intentó controlar su reacción. Sus halagos, combinados con su atractivo físico y su dinero, sin duda hacían que todo le resultase fácil en la vida.

–Es una receta de mi abuela. Y puedes llamarme Sabrina.

–Muy bien, Sabrina –Gavin Jarrod sonrió–. Henry me ha dicho que no tenéis clientes por el momento.

¿Por qué le había contado eso su abuelo?

–No, las primeras semanas de noviembre son la calma antes de la tormenta.

–En el Ridge pasa lo mismo desde que terminó el festival anual de gastronomía. He estado explorando los restaurantes de la zona antes de que lleguen los turistas... ¿por qué no me llevas a tu restaurante favorito esta noche?

Sabrina hizo una mueca. No era el primer hombre que suponía que podía tenerla con la misma facilidad con la que se reservaba una habitación.

–No tengo un restaurante favorito y ya he hecho la cena para mi abuelo y para mí.

–Henry puede servirse solo. Deja que alguien cocine para ti esta noche.

Cenar en un restaurante era tentador, pero no con Gavin Jarrod. Ella había salido con suficientes niños ricos como para saber que eran unos egoístas.

–No, pero gracias –dijo por fin, intentando ser amable porque casi podía imaginar a su abuela dándole un palmetazo en los nudillos.

Pero él seguía mirándola y, de repente, se sintió como una mariposa intentando escapar del alfiler de un coleccionista.

–Henry dice que no sales mucho.

«Gracias, abuelo».

–No, no hago vida social.

–¿No sales con nadie?

–No.

–¿Eres gay?

«Ah, qué típico».

–¿Cuando una mujer te dice que no, de inmediato supones que es gay?

Gavin esbozó una sonrisa.

–Sólo cuando intentan ignorar que hay cierta atracción entre nosotros.

De modo que se había dado cuenta…

No había sentido esa atracción por un hombre desde la muerte de su marido y la había pillado por sorpresa. Pero no tenía interés en hacer nada.

–No hay ninguna atracción.

En dos zancadas, Gavin estaba a su lado. Tan cerca como para respirar su olor, a madera y aire libre mezclado con algo exótico que era… él mismo.

Sabrina sintió una punzada de alarma. No era particularmente alto, un metro ochenta, tal vez algo más, pero parecía más grande y casi daba miedo a pesar de ese pelo ondulado que debería haberle dado un aspecto informal.

–¿No hay atracción? –repitió él, levantando una mano.

Sabrina dio un paso atrás.

–No.

–¿No qué? ¿Que no demuestre que estás mintiendo?

–Llamar mentirosa a una mujer es una extraña manera de ganar puntos. ¿Eso suele funcionarte?

Gavin esbozó una sonrisa.

–Pareces el tipo de mujer que agradece la sinceridad.

–Buena deducción. Empecemos por hablar sobre qué has venido a hacer aquí. ¿De qué tenías que hablar con mi abuelo?

–Te lo contaré… –Gavin sonrió de nuevo, mostrando unos dientes que serían el sueño de cualquier dentista– durante la cena.

Sabrina apretó los labios. ¿Cómo iba a proteger a su abuelo y al hostal sin tener información?

–La respuesta sigue siendo la misma.

–¿Ni siquiera si te digo que tu abuelo tiene algo que yo quiero?

Ella empezó a escuchar sirenas de alarma.

–¿Qué?

–Cena conmigo y te lo contaré.

Sabrina odiaba que la arrinconasen, pero no pensaba dejar que Gavin Jarrod se saliera con la suya.

–Durante un almuerzo entonces, no una cena.

No sería una cita, sólo una misión con el objetivo de recabar datos.

–Vendré a buscarte a la una. Ponte algo de abrigo y botas de montaña –dijo él.

Y, sin esperar respuesta, pasó a su lado en dirección a la puerta.

¿Que se pusiera algo de abrigo y botas de montaña? ¿Dónde se había metido?

Un crujido en el suelo hizo que Sabrina se volviera. Su abuelo había salido del salón. Sus pasos ya no tenían el vigor de antes.

–¿Se puede saber qué quería ese hombre?

–Jarrod sólo está siendo un buen vecino.

Que no la mirase mientras lo decía hizo que Sabrina se preocupase de verdad.

–Mentira. ¿Qué es lo que quiere, abuelo?

–¿No puede uno conversar con un vecino?

–Me ha dicho que tú tienes algo que él quiere.

Henry Caldwell se encogió de hombros.

–Los Jarrod poseen la mitad del valle. ¿Qué más pueden querer?

Cuando su abuelo se cerraba en banda, intentar conseguir que dijera algo era imposible y Sabrina lo sabía, pero no creía la historia del buen vecino ni por un momento.

–¿Se puede saber por qué le has contado que no salgo con nadie?

–Porque es verdad.

–Tú sabes que no estoy interesada…

–Pues deberías estarlo. Tu marido murió, tú no.

Sabrina hizo una mueca de dolor.

–No estoy preparada para eso.

Nunca lo estaría. Lo había dejado todo por amor y cuando Russell murió no le quedó nada; nada salvo su abuelo y el Snowberry Inn. Y no podía perderlos.

–Cuando yo muera…

–Por favor, no –lo interrumpió ella–. Ya sabes que no me gusta que hables así.

–Eso no cambia la realidad, cariño. No puedes llevar sola el hostal, es demasiado trabajo. Necesitas que alguien te ayude, alguien que no tenga que fichar y que no proteste por las horas de trabajo.

–No tengo que estar casada para llevar un hostal. Puedo llevarlo como me enseñasteis la abuela y tú.

Henry negó con la cabeza.

–La vida es algo que uno debe disfrutar y compartir, no soportar. Si intentases llevar este sitio sola no tendrías tiempo para vivir. Y Russell no habría querido que siguieras sola durante el resto de tus días.

Sabrina tragó saliva para contener el dolor cuando mencionó a su difunto marido.

–Tú no has salido con nadie desde que la abuela murió.

–Porque ya había estado cuarenta y seis años casado con la mujer más maravillosa del mundo. Ninguna otra puede estar a su altura y no quiero darle falsas esperanzas a nadie para que luego se lleve una desilusión. Además, soy demasiado viejo. Tú sólo tienes veinticinco años, cariño, eres demasiado joven para dejar de vivir.

–Yo soy feliz…

–Pero Sabrina, si yo tengo más vida social que tú.

–Podría apuntarme al club de póquer –bromeó ella, pero eso sólo sirvió para que su abuelo la mirase con cara de preocupación.

–Una vez me dijiste que te habría gustado recorrer el mundo y llenar tu casa de hijos. Aún tienes tiempo para hacer eso, pero no si sigues escondida aquí.

–No me estoy escondiendo, estoy trabajando. Y no necesito hijos para ser feliz. Aquí tengo todo lo que quiero, abuelo… los clientes que vienen nos traen el resto del mundo.

–El mundo viene a Aspen, sí, pero escuchar las aventuras de los demás y mirarlo todo desde la ventana no es lo mismo que vivirlo en primera persona.

–No hay futuro para mí con un hombre rico que está contando los días para irse de Aspen.

–Gavin no es su padre. Se fue de aquí, pero volvió en cuanto Donald murió. Y no me digas que no te interesa porque te he visto pintándote los labios en el pasillo.

–No me he pintado… –Sabrina suspiró, avergonzada–. Estaba trabajando en el porche cuando apareció él y tenía los labios agrietados por el frío.

–Sí, claro. Y eso explica que no podáis dejar de miraros cuando estáis en la misma habitación. También me he dado cuenta.

Ella no se molestó en negarlo.

–No lo conoces. ¿Cómo puedes confiar en él? Siempre has dicho que los Jarrod son unos matones ansiosos de tierras.

–Ése era su padre. Donald Jarrod se convirtió en un canalla egoísta tras la muerte de su mujer. Se apropió de todo lo que había a su alrededor y era tan estricto con sus hijos que es lógico que salieran corriendo al cumplir la mayoría de edad. Pero yo sé más sobre los hijos de Donald de lo que tú crees. Los vi crecer y aunque hicieran travesuras como todos los críos, trabajaban mucho y siempre eran respetuosos.

¿Trabajaban mucho? Sabrina no imaginaba a alguien con el dinero de los Jarrod haciendo algo que lo obligara a sudar… salvo observar los cambios en Wall Street, maletín en mano. Jarrod Ridge era un sitio para los más ricos y caprichosos. La lista de sus clientes era un quién es quién de personalidades famosas y un día en el hotel-spa costaba más de lo que ganaba una persona normal en todo un mes. Lo sabía por lo que contaban en el pueblo y por los periódicos locales.

Pero eso no explicaba por qué Gavin Jarrod había ido allí. ¿Iba su abuelo a donar el hostal a Patrimonio Nacional o pensaría vendérselo a los Jarrod?

—No ha venido para comprar el hostal, ¿verdad?

—No está interesado en el hostal.

—Entonces, ¿qué quería?

—Nada que deba preocuparte —respondió Henry Caldwell. Pero, de nuevo, apartó la mirada.

Tenía que descubrir qué estaba pasando allí y la única manera de hacerlo era ser tan astuta como su abuelo. No le diría que Gavin Jarrod ya la había convencido para que comieran juntos.

—Saldré con él si me dejas contratar a alguien para que haga los arreglos que necesitamos. El hostal estará completo desde antes de Acción de Gracias hasta mediados de marzo y todo debe estar en perfecto estado de revista.

Con el orgullo herido, Henry irguió los hombros.

–Yo me encargaré de los arreglos.

–Seguro que podrías, abuelo, pero de esta forma podrías concentrarte en las tareas importantes y dejar que otra persona se encargase de las cosas pequeñas.

Él pareció pensárselo un momento.

–Muy bien, pero sólo si yo elijo a esa persona. Y le darás una oportunidad a Jarrod, ¿de acuerdo?

–Saldré con Gavin una vez. Depende de él que quiera repetir la experiencia.

Y podía garantizar que eso no iba a pasar. Para ella, el amor y el dolor que iba con él se habían terminado. Y específicamente, no quería saber nada de Gavin Jarrod.

El golpecito en la puerta de entrada llenó a Sabrina de temor. Preferiría volver a golpearse el dedo con el martillo antes que salir con Gavin.

Pero, decidida a terminar con aquello lo antes posible, se abrochó el parka hasta la barbilla antes de abrir la puerta.

Y al ver a Gavin, con una chaqueta de esquí negra que acentuaba sus anchos hombros, su estómago dio un brinco inexplicable. Y ni el aire frío consiguió aliviar el calor que sentía en las mejillas.

Bueno, sí, era muy atractivo. Pero no iba a pasar nada entre ellos, por mucho que su abuelo quisiera.

La mirada oscura de Gavin se deslizó desde los rizos rebeldes a las botas.

–Ponte guantes y un gorro de lana.

Sabrina vio que en el aparcamiento del hostal

había un viejo jeep. Nada del lujoso Cadillac aquel día, pensó.

–¿Adónde vamos?

–A merendar al campo.

¿Aquel hombre era tonto o quería torturarla?

–¿Al campo? Pero si está a punto de nevar otra vez.

–No te preocupes, no dejaré que mueras de hipotermia.

–¿Y cómo piensas hacer que conserve el calor? Si esto es una treta para tocarme te vas a llevar una desilusión.

–No, no lo es. Tranquila, yo sé lo que hago. Confía en mí.

¿Confiar en él? Ni loca. Sabrina tomó unos guantes de la mesa.

–Vamos.

Los puntitos dorados en los ojos de Gavin Jarrod parecían centellear.

–Dicho con el entusiasmo de una mujer que va al dentista a hacerse un empaste sin anestesia.

–¿Tu ego exige que finja entusiasmo por salir contigo? Sabes que sólo acepté porque me estás ocultando información.

Él sonrió, como un lobo.

–No lamentarás haber pasado el día conmigo, te lo aseguro.

–Eso ya lo veremos. Y no es el día, sólo vamos a comer… dos horas como máximo. Tengo cosas que hacer esta tarde.

Gavin se adelantó un poco para abrirle la puerta del jeep y ella subió sin decir nada. Y, por supuesto, su abuelo estaba mirando por una de las ventanas del hostal.

¿Por qué tenía una cara tan seria?, se preguntó. Al fin y al cabo, estaba consiguiendo lo que quería. Pero había aceptado contratar a alguien y eso haría que estar con Gavin Jarrod durante dos horas fuera más soportable.

Resignada a su destino, se puso el cinturón de seguridad mientras Gavin arrancaba para dirigirse hacia Jarrod Ridge.

Sabrina observó las calles de Aspen: galerías de arte, boutiques de diseño, joyerías y restaurantes con el nombre de famosos chefs, las casas antiguas alternando con construcciones más modernas.

Aspen recibía muchísimos turistas y generaba muchos puestos de trabajo. En realidad, tenía suerte de formar parte de todo aquello, pensó. Y no quería perderlo, pero sin el hostal de su abuelo no podría vivir allí.

Gavin atravesó la entrada del lujoso hotel-spa Jarrod Ridge. Ella nunca había estado allí y sentía curiosidad, pero antes de que pudiera ver algo más que la puerta de algún lujoso bungaló, Gavin tomó una carretera de tierra.

–¿Adónde vamos?

–A mi sitio favorito –respondió él, con una sonrisa en los labios.

Sabrina apartó la mirada. Encantador o no, ella no estaba interesada en flirtear con nadie.

El jeep iba dando tumbos por la carretera de tierra y tuvo que agarrarse al borde del asiento, mirando por la ventanilla para no mirar a Gavin. Pero después de tomar un camino a la derecha, se detuvo en un pequeño claro.

–Ya hemos llegado.

Sabrina miró el paisaje, cubierto de nieve. No había mesas de merienda, no había nada más que naturaleza: tierra, piedras, árboles.

–¿Vamos a comer aquí?

–Eso es.

–Pero estamos en medio de ninguna parte... ¿a qué distancia está el hotel?

–No está muy lejos, pero no te recomiendo que vayas andando a menos que estés acostumbrada. Hay que bajar por una pendiente llena de rocas.

Ella no era una excursionista experta, pensó Sabrina. Y cuando abrió la portezuela del jeep, un golpe de aire frío la hizo temblar.

–Tal vez deberíamos comer aquí dentro.

–Cobarde –la retó Gavin, antes de saltar del jeep para sacar una mochila de la parte trasera que se colocó a la espalda.

Cuando Sabrina se acercó, le tiró una manta azul.

–¿Crees que podrás con ella?

–Muy gracioso.

Aunque probablemente sería mejor envolverse en la manta, porque hacía un frío de mil demonios.

Después de cerrar la puerta del jeep, Gavin se dirigió hacia un camino medio escondido entre los juníperos y las zarzas. Sabrina fue tras él, respirando el frío y limpio aire del campo. Así era como olía Gavin, pensó. A árboles, a tierra y a sol. Una combinación rara para un hombre de ciudad.

–Mira por dónde pisas –le advirtió él–. ¿Necesitas que te eche una mano?

–No, gracias, puedo hacerlo sola –respondió Sabrina.

Hacía siglos que no iba de excursión, desde antes de casarse con Russell. Entonces su abuelo tenía energía suficiente para llevarla a explorar las montañas, a veces a caballo, pero normalmente a pie. Y cuando no había clientes en el hostal, su abuela iba con ellos. Esos días habían sido los más felices de su vida.

Intentando apartar de sí la tristeza, estudió los pinos y los álamos para no mirar los poderosos muslos y las nalgas de Gavin. Seguramente pagaría una obscena cantidad de dinero a un entrenador personal para estar en forma, pensó.

Durante los siguientes diez minutos se concentró en mirar dónde pisaba y cuando creía que le iban a estallar los pulmones debido al ejercicio, Gavin se detuvo por fin.

–Ya hemos llegado.

Estaban en la falda de la montaña, en un pequeño prado donde alguien había hecho un círculo con piedras para encender una hoguera. Evidentemente, él había estado allí antes, preparándolo todo.

–Aquí no hay nada.

–Te equivocas –Gavin se quitó la mochila y los guantes para encender la hoguera–. ¿Qué sabes de la historia de Aspen?

–Se que empezó siendo un pueblo minero llamado Ute City en 1879, pero la verdad es que no sé mucho más. Aunque pasaba los veranos aquí cuando era pequeña, mientras mis padres hacían viajes de trabajo, sólo aprendí lo necesario para explicarles a los clientes cómo llegar a las pistas de esquí.

–¿A qué se dedican tus padres?

–Son profesores de universidad en Pensilvania,

especializados en Ciencias Naturales. Siempre están viajando a sitios rarísimos para estudiar el comportamiento de alguna criatura.

–¿Y tú no ibas con ellos cuando eras pequeña?

–Decían que era más seguro para mí quedarme con mis abuelos.

En realidad, Sabrina pensaba que sus padres no querían distracciones durante esos viajes porque tenían cosas más interesantes que observar, como osos polares o pingüinos.

Gavin colocó la manta en una zona libre de nieve y luego procedió a sacar las cosas que llevaba en la mochila: varias fiambreras, un par de termos y, por fin, una barra de pan envuelta en una servilleta.

El instinto le decía que le ofreciera su ayuda, pero Gavin la había obligado a ir allí y, enfadada, decidió dejar que él hiciera todo el trabajo.

Metiendo las manos en los bolsillos del parka, dio un par de pasos alrededor, intentando ver qué había más allá del camino. Aunque Gavin parecía ocupado preparándolo todo, podía sentir su mirada clavada en la espalda. Era como un lobo vigilando su manada… o su próxima comida.

–Iremos a explorar después de comer. Siéntate, la comida está preparada.

A regañadientes, porque estaba helada, Sabrina se sentó sobre la manta y se acercó al fuego todo lo posible, alejándose de su compañero.

Gavin Jarrod la ponía nerviosa. Estar cerca de él la hacía sentir como si estuviera en una de las pistas de esquí más altas, a punto de deslizarse sobre la nieve a toda velocidad. Ella no era una experta esquiadora y Gavin, como una pista avanzada, estaba fuera de su alcance.

–La época minera duró poco, ¿verdad? –le preguntó, para cambiar de tema.

–La mayoría de las minas cerraron después del pánico de 1893 y en 1930 Aspen tenía menos de mil habitantes. Después de haber tenido hasta quince mil. La región no se recuperó hasta los años cuarenta, cuando se convirtió en una famosísima estación de esquí. Y Jarrod Ridge pasó por todo eso.

El orgullo que notaba en su voz despertó el de Sabrina.

–Y también el Snowberry Inn. Mis antepasados llevan aquí tanto tiempo como los tuyos.

–Sí, lo sé –Gavin señaló los termos, dándole una excusa para apartar la mirada de sus ojos, donde parecía haberse quedado clavada–. Puedes elegir entre café, chocolate o agua.

–¿Qué vamos a comer?

–Chile con carne. Pero también hay embutidos en esa fiambrera y una ensalada en esta otra.

–Es un almuerzo muy decente –comentó Sabrina.

–¿Para haberlo hecho un hombre? –bromeó Gavin, abriendo una fiambrera.

Ella se encogió de hombros.

–Para haberlo hecho un hombre rico.

–¿Qué esperabas de mí?

–No lo sé, algo poco imaginativo como un restaurante lujoso, elegantes camareros y una carta de vinos del tamaño de una guía telefónica.

Gavin la estudió con una expresión indescifrable.

–Si hubiera hecho eso, pensarías que intentaba impresionarte.

–¿Y no es eso lo que intentas hacer?

Él sirvió el chile con carne en un cuenco y se lo pasó, junto con una cuchara de plástico.

–Si estuviera haciéndolo, tú lo sabrías. Venga, come antes de que se enfríe.

Sabrina frunció el ceño mientras probaba el chile.

–Vaya, está muy rico.

–Es una receta de mi hermano. Antes de convertirse en un chef famoso, Guy era un cocinero decente. Pero ahora se limita a dirigir a otros cocineros.

–Pues mis felicitaciones al chef.

–Gracias. Me alegro de que te guste.

–¿Lo has hecho tú?

–Hasta los ricos saben mover un cucharón –bromeó Gavin.

Sorprendida, Sabrina tomó un trozo de pan, preguntándose qué querría Gavin Jarrod de ella. Había mujeres mucho más guapas en el pueblo. ¿Por qué ella? ¿Aburrimiento tal vez? ¿Querría un cambio? ¿El hostal?

–¿Por qué has vuelto a Aspen?

La pregunta de Gavin interrumpió sus pensamientos y Sabrina eligió muy bien sus palabras. La verdad solía despertar compasión o una parrafada antibelicista y no estaba de humor para ninguna de las dos cosas.

–Mi abuela murió y mi abuelo necesitaba ayuda en el hostal.

–¿Y piensas quedarte?

–Sí.

–¿Qué hacías antes de venir aquí?

–Trabajar y estudiar –respondió ella. Y ser una esposa, pero no quería hablar de sí misma–. ¿Y tú?

–Trabajar y viajar.

–¿Viajar adónde?

Gavin se encogió de hombros.

–A cualquier sitio donde me llevase el trabajo o el humor.

Eso sonaba de cine. Russell y ella habían pensado viajar por todo el país cuando él pidiera la baja del ejército, pero su muerte en una misión había dado al traste con esos planes.

El resto del almuerzo transcurrió con el ruido de algún animalillo buscando comida entre los árboles y algún avión sobrevolando sus cabezas. Después, Gavin sacó de la mochila galletas, chocolatinas y nubes, junto con unos palillos largos para engancharlas.

–¿Vamos a tostar nubes? –exclamó Sabrina, sorprendida.

–Es una tradición. Mis hermanos y yo solíamos hacerlo cuando acampábamos aquí.

Sabrina lo imaginó de crío y la imagen hizo que empezara a caerle un poco mejor.

–Hacía siglos que no tostaba nubes –murmuró, concentrándose en sus manos mientras las pinchaba para colocarlas sobre el fuego. No tenía manos de millonario, pensó. Tenía pequeñas cicatrices en el dorso y callos en las palmas. Esas imperfecciones no pegaban con un hombre que viajaba en un Cadillac con chófer y llevaba un carísimo reloj Tag Heuer.

–¿Qué haces cuando no estás en Aspen, Gavin?

–Soy ingeniero.

Ah, se había equivocado entonces. Un ingeniero tenía que ser inteligente… a pesar de haber hecho algo tan tonto como llevarla a comer a un campo cubierto de nieve. Pero ahora que lo pensaba, frente a la hoguera y con las rocas detrás haciendo de parapeto, no tenía frío.

Aunque su ocupación no le decía por qué estaba interesado en el Snowberry Inn.

–¿Y en qué proyectos trabajas?

–Puentes, diques, minas, edificios. Voy donde haya un proyecto interesante.

–Y te encanta tu trabajo –dijo Sabrina. Porque su entusiasmo lo delataba.

–Nunca he querido hacer otra cosa.

–Entonces, entiendo por qué estar aquí un año te resulta tan difícil.

Tenía el mundo a sus pies, pensó.

–Sobreviviré –Gavin metió una nube medio derretida entre dos galletas, con una chocolatina encima, y le ofreció tan extraño postre.

Sabrina lo mordió, sorprendida por los recuerdos que le llevaba ese sabor. Su abuela y ella habían tostado nubes en la chimenea muchas veces…

–Muy bien, lo admito, era un poco escéptica sobre este almuerzo, pero ha sido buena idea. El sitio es precioso.

–Es mejor por la noche, cuando se ven las estrellas –dijo Gavin.

–Es un poco tarde para eso. En esta época del año la temperatura es muy baja y las estrellas no se ven como en verano –Sabrina se aclaró la garganta–. Pero aún no me has dicho qué es lo que quieres de mi abuelo.

–Esto –respondió Gavin, señalando alrededor.

Él tenía un trocito de chocolate pegado al labio y Sabrina tuvo que contener el deseo de limpiárselo con el dedo. O con la lengua. Atónita por tan extraño pensamiento, apartó la mirada.

–¿Y que es «esto» exactamente?

–Dos hectáreas de terreno en la finca Jarrod y una mina de plata cerrada que abrieron mis antepasados antes de que se fundara Aspen.

Cuando volvió a mirarlo, el tentador trocito de chocolate había desaparecido de su labio, afortunadamente.

–¿Mi abuelo es el dueño de esta parcela? Pero dijiste algo sobre una apuesta…

–Tu abuelo la ganó durante una partida de póquer hace cincuenta años y yo quiero recuperarla.

–¿Eso es todo, la parcela? ¿Si te la vende lo dejarás en paz?

Gavin volvió a poner las nubes sobre la hoguera evitando su mirada, exactamente como había hecho su abuelo.

–Sí.

Sabrina no lo creyó.

–¿Y qué quieres de mí? ¿Esperas que convenza a mi abuelo para que te la venda?

–No, ya nos hemos puesto de acuerdo sobre eso.

Algo no cuadraba, pensó Sabrina.

–Si mi abuelo te ha prometido lo que quieres, ¿qué hago yo aquí?

Él la miró entonces.

–Me gustas, Sabrina Taylor. Y yo te gusto a ti.

Su estómago dio un salto y no tenía nada que ver con el chile que acababan de comer o con el extraño postre.

–Estás equivocado –respondió, con el corazón palpitando como si quisiera salirse de su pecho.

Gavin sonrió.

–Uno de estos días descubrirás que me gustan los retos.

–¿Qué quieres decir?

–Que voy a tener que demostrarte que estás equivocada –respondió él.

Luego puso una mano en su nuca y tiró de ella hacia delante para buscar sus labios.

Capítulo Tres

Gavin aprovechó que Sabrina tenía los labios entreabiertos por la sorpresa para deslizar la lengua en el interior de su boca. Notó su gemido de protesta pero antes de que pudiera apartarse, ella dejó de protestar y las manos que había puesto sobre su torso de repente se agarraron a su chaqueta de esquí. Y el corazón de Gavin empezó a palpitar como loco.

No había esperado que hacer un trato con el diablo fuese tan agradable, pero la combinación del chile con el dulce postre y la mujer ardiente lo golpeó como el derechazo de un boxeador, haciendo que le diera vueltas la cabeza.

Deseaba a Sabrina como no debería desear a una mujer con quien lo habían obligado a casarse como parte de un acuerdo. Pero había algo entre ellos y aunque esa química podría ser temporal, era impresionante y merecía la pena explorarla.

Ella le devolvió el beso, tentativamente al principio pero luego con más presión, con deseo. Deslizó una mano hasta su mandíbula y aunque sus dedos eran fríos, sus besos estaban llenos de ardor.

Gavin le pasó un brazo por la cintura y tiró de ella hasta sentarla en sus rodillas. Sabrina se apoyó en su pecho, las manos sobre sus hombros, clavando los dedos en la chaqueta.

Maldiciendo las capas de ropa que había entre ellos mientras sus lenguas bailaban y sus alientos se mezclaban, Gavin siguió besándola, enredando los dedos en sus sedosos rizos. No se cansaba de besarla pero le sobraba la ropa. Piel con piel sería mucho mejor, pensó, mientras tiraba de la cremallera de su parka.

Pero, de repente, ella sujetó su mano y se echó hacia atrás.

Horrorizada, respirando rápidamente para llevar aire a sus pulmones, Sabrina se apartó un poco.

–¿Qué ha sido eso?

–La prueba –respondió él, intentando contenerse para no tumbarla sobre la manta y cubrir su cuerpo con el suyo.

–¿La prueba de qué? –exclamó Sabrina, incrédula.

La sangre por fin estaba subiendo a la cabeza de Gavin, permitiéndole pensar con cierta claridad.

–De que me deseas. Y te aseguro que el sentimiento es mutuo.

Ella se levantó, sacudiendo la cabeza.

–Te equivocas, no estoy interesa en ti. Ni en nadie. Llévame a casa, Gavin.

Él podría decir que sus actos contradecían sus palabras, que incluso en aquel momento le ardían las mejillas y su agitada respiración dejaba claro que lo deseaba. Pero no quería asustarla, de modo que se levantó.

–Aún no.

–Muy bien, entonces iré andando.

No podía dejarla ir después de haber llegado a un acuerdo con su abuelo. Si lo hacía, Sabrina no querría volver a salir con él y mucho menos casarse. Y en aquel momento, el matrimonio no le parecía la sentencia de muerte que le había parecido una vez.

–No te recomiendo que vayas andando. Está muy lejos y hace frío.

–No me importa –insistió ella, tan testaruda como siempre.

–Te he traído aquí para enseñarte la mina. Ven a verla y luego te llevaré al hostal.

Sabrina miró alrededor, como buscando la entrada de la mina. O el camino a la libertad.

Tomándola por los hombros, Gavin la giró hacia la izquierda.

–La entrada está detrás de esa fila de abetos. Los planté yo cuando era un adolescente para esconderla.

Ella se apartó.

–He visto minas antes. Esta zona está llena de ellas. No necesito ver ninguna más.

–¿Aunque tus abuelos pasaran muchos años… jugueteando en ésta?

Sabrina se mordió los labios, curiosa a su pesar.

–Ya sé que la mina es suya, ¿pero cómo sabes tú si él o mi abuela estuvieron aquí?

–Cuando descubrí que Henry era el propietario de la mina entendí a quién correspondían las iniciales que hay grabadas en una de las vigas. Y cuando me dijo que el nombre de tu abuela era Colleen supe que las otras iniciales eran las suyas.

–A lo mejor él grabó las iniciales de los dos.

–Ven a verlo y juzga por ti misma.

–Podría preguntarle a él directamente –Sabrina sacó el móvil del bolsillo.

–Aquí no hay cobertura.

Ella miró la pantalla del teléfono y luego volvió a guardarlo, con el ceño fruncido.

–¿Quieres enseñarme algo que no ha visto nadie?

La acusación provocó una carcajada de Gavin. Sabrina era dura como las piedras y estaba claro que no le caía bien. Iba a tener que esforzarse para ganársela.

–Te confieso que usé ese truco de joven, pero ya no necesito un túnel oscuro y frío y un repertorio de historias de fantasmas para ligar.

Sabrina se cruzó de brazos.

–Pero aquí estamos. Te había dado varios puntos por el almuerzo, pero ahora me cuentas que éste era tu truco para seducir a las chicas.

–Es mi sitio favorito y quería compartirlo contigo. Ponte los guantes y deja que te muestre algo de tu historia. De nuestra historia.

Sabrina volvió a mirar hacia el camino antes de tomar los guantes.

–Pero que sea rápido.

Si sentía la misma curiosidad que él, la cosa no sería rápida. Gavin aún tenía muchas cosas que descubrir sobre su «futura esposa» y la única manera de saber si el viejo quería casarlo con una demente era pasar tiempo con ella.

–Sígueme.

Cuando llegaron a la boca de la mina, encendió la lámpara de queroseno que guardaba en la entrada.

–De vez en cuando aparece algún murciélago, pero no deberían molestarte.

Sabrina lo fulminó con la mirada.

–Espero que no sea un truco para tocarme.

Una chica lista, pensó Gavin, intentando disimular una sonrisa.

–Agacha la cabeza y no te separes de mí. Es una mina pequeña, pero no quiero que te pierdas.

–¿Debería ir tirando miguitas de pan?

–Si quieres encontrarte con algún animal, seguro.

–No, gracias.

–Yo cuidaré de ti, Sabrina. Venga, vamos.

Gavin estaba acostumbrado a la oscuridad de la mina pero ella no y, de vez en cuando, se pegaba a su costado, asustada.

–No sabía que tuviera suelos de madera –comentó, golpeando el suelo con el pie.

–Era más fácil mover las carretillas sobre una superficie sólida. Las vigas han aguantado porque aquí dentro está seco. Si has visto minas más grandes, sabrás que la mayoría tienen raíles, pero en ésta sólo trabajaba un operario, aunque imagino que mi tatarabuelo debió de ayudar a poner las vigas.

Sabrina levantó la mirada.

–¿Son seguras?

Al notar la aprensión en su voz, Gavin se detuvo para mirarla a la luz de la lámpara. Sabrina tenía las pupilas dilatadas, los labios entreabiertos… y el deseo de besarla de nuevo se apoderó de él. Con el sabor de sus labios aún fresco en su mente, resultaba difícil recordar que debía ir despacio para no asustarla.

Pero logró contenerse.

–Pasé incontables horas aquí cuando era un crío y más cuando ya era ingeniero. La mina es segura, pero siempre hay riesgos cuando estás bajo tierra.

–Ya estás intentando asustarme otra vez.

–Relájate. A menos que haya un terremoto, y no lo creo, estamos a salvo. He estado aquí varias veces desde que volví a Aspen para comprobar si había algún invitado inesperado invernando…

–Corta el rollo –lo interrumpió Sabrina–. Pero te lo advierto, Gavin Jarrod, si nos encontramos un oso o alguna criatura con colmillos te empujaré y saldré corriendo mientras te come.

–Gracias por el apoyo –dijo él, pensado que su actitud guerrera iba a hacer que la relación fuera interesante–. Algunas minas tienen pendientes muy pronunciadas, pero estos túneles tienen una inclinación relativa. Hay muchos que explorar, algunos sin salida. Mira, ése es en el que tu abuelo grabó sus iniciales. Ven por aquí… –Gavin levantó la lámpara, iluminando una gruesa viga–. La forma de las segundas iniciales es diferente a la primera. No parece que hayan sido hechas por la misma persona.

Sabrina dio un paso adelante, rozando su hombro en el estrecho espacio y, al respirar su perfume, el pulso de Gavin se aceleró.

Ella se quitó un guante para trazar las iniciales con un dedo.

–CDC… Colleen Douglas Caldwell. Tenías razón, son las iniciales de mi abuela. Además, ella solía poner un corazoncito como éste al final de su nombre.

Gavin sintió un absurdo deseo de acariciar su dedo, pero se concentro en la razón por la que la había llevado allí.

–Las iniciales no estaban aquí cuando me fui a la universidad y no recuerdo haberlas visto cuando volví de vacaciones, así que tus abuelos debieron de hacerlas en los últimos seis años.

–Pero mi abuela murió hace cinco años.

–Entonces, durante el último año de su vida. ¿Tenías buena relación con ella?

Sabrina asintió con la cabeza.

–En realidad, era más una madre para mí durante los meses de verano que mi madre durante todo el año. No es que sea una mala madre, es que siempre está absorta en su trabajo.

–Lo siento –dijo Gavin, sacando una navaja del bolsillo–. Vamos a mantener viva la tradición. Venga, graba tus iniciales en la viga.

El brillo de vulnerabilidad que vio en sus ojos aceleró su pulso de nuevo, haciendo que deseara tomarla entre sus brazos. Pero si lo hiciera tendría que besarla y eso reforzaría su opinión de que la había llevado allí con malas intenciones.

–Sí, eso me gustaría –asintió ella por fin.

Mientras grababa sus iniciales en la madera sacaba un poquito la lengua por la comisura de la boca y el gesto le pareció adorable. Y sexy.

Pero entonces, a la luz de la lámpara, vio una lágrima deslizándose por su mejilla y se le encogió el corazón, pensando que tal vez iba a hacerle daño.

¿Pero qué otra cosa podía hacer? Su familia contaba con él.

– – –

Tenía que librarse de Gavin Jarrod, decidió Sabrina mientras él la acompañaba a la puerta del hostal. Pero sobre todo tenía que evitar que la besara de nuevo.

El sentimiento de culpa y el miedo libraban una batalla en su interior. Por un momento, en la montaña, se había dejado llevar por la fuerza de sus brazos y por la pasión que despertaba en ella. Sus labios, su olor, todas esas cosas masculinas que faltaban en su vida últimamente, habían hecho que su cuerpo despertase como de un largo sueño.

En ese momento se había olvidado de Russell.

Había olvidado cuánto lo había amado, cuánto le había dolido perderlo y el juramento que había hecho frente a su tumba de no volver a abrirle su corazón a ningún otro hombre.

Decidida a mantener las distancias, se detuvo en la puerta y le ofreció la mano.

–Gracias por el almuerzo y por enseñarme la mina.

Gavin miró su mano extendida y luego la miró a los ojos.

–De nada.

Sus largos y fuertes dedos se apoderaron de los suyos pero, en lugar de estrechar su mano y soltarla, inclinó la cabeza. Sabrina, como en trance, logró girar la cara en el último segundo y los labios de Gavin acabaron en su sien. Intentó apartarse, pero él apretaba su mano mientras besaba su mejilla, haciéndola sentir un escalofrío…

–Para –le dijo, empujándolo con la mano libre.

¿Cómo podía decirle a un hombre lo que la hacía sentir pero que prefería no sentir nada?

–Me gustaría que saliéramos juntos otra vez, tal vez a uno de esos restaurantes de los que hablabas, de los que tienen una carta de vinos como una guía telefónica –dijo Gavin.

Sabrina parpadeó. ¿Estaba de broma o hablaba en serio? En sus ojos no había un brillo de humor sino algo mucho más peligroso: deseo. Y ese deseo la alarmó.

–No, yo… Lo siento… No, mejor no.

No era capaz de formular una frase con sentido cuando la miraba como si quisiera devorarla.

–Yo no me rindo fácilmente, Sabrina. Y creo que entre nosotros hay algo que nos interesa a los dos.

Aunque había fracasado en su misión de descubrir qué quería aquel hombre, no podía arriesgarse a salir con él otra vez. No, su abuelo sería un objetivo más fácil, intentaría sacarle los detalles a él.

–No compartimos más que la historia de nuestros antepasados, que se instalaron aquí al mismo tiempo.

Gavin esbozó una sonrisa.

–Te encanta retarme, ¿verdad?

Sabrina consiguió soltar su mano.

–No es un reto. Mira, seguro que eres una persona estupenda, pero yo no tengo tiempo para hacer vida social.

–¿Por qué no?

–Hay mucho que hacer ahora que empieza la temporada de invierno. Ve a jugar con alguna de tus amigas.

–No estoy interesado en las clientas del hotel. Estoy interesado en ti.

La intensidad de su mirada hizo que el corazón de Sabrina diera un vuelco, pero sacudió la cabeza.

–Adiós, Gavin –se despidió, sacando la llave del

bolsillo. Pero la puerta se abrió antes de que pudiese meter la llave en la cerradura.

—No lo dejes ahí helándose, Sabrina. Invítalo a entrar —dijo su abuelo.

—Gavin tiene que…

—Gracias, Henry —la interrumpió él, prácticamente obligando a Sabrina a apartarse de su camino.

¿Y ahora qué?

Los tres se quedaron en la entrada, con una tensión que ella no entendía, su abuelo y Gavin mirándola. No sabía qué esperaban y no se le ocurría una excusa aceptable para escapar.

—Estoy intentando convencer a Sabrina para que cene conmigo —dijo Gavin entonces.

Su abuelo asintió con la cabeza.

—Buena idea. A mí me apetece cenar el asado del almuerzo, así que no hay necesidad de que hagas otra cosa, hija.

—Abuelo… —empezó a protestar ella—. Le he dicho a Gavin que tengo muchas cosas que hacer.

—Ahora que voy a contratar a alguien para que se encargue del mantenimiento del hostal, tienes tiempo libre —su abuelo se volvió hacia Gavin—. ¿Conoces a alguien mañoso y que tenga un par de horas libres al día durante las próximas tres semanas?

—Pues la verdad es que sí —respondió él—. Yo mismo.

—No —Sabrina estuvo a punto de gritar—. Vamos a contratar a alguien del pueblo, alguien que necesite el trabajo —dijo luego, lanzando sobre su abuelo una mirada de advertencia que él no pareció notar.

Gavin se encogió de hombros.

–Yo necesito el trabajo. No por el dinero, sino porque me volveré loco si no tengo nada que hacer. En el Ridge no me necesitan y donaré el salario a una organización benéfica.

–Vaya, eso es estupendo –dijo Henry Caldwell.

Su abuelo parecía extrañamente contento...

–Yo prefiero contratar a alguien del pueblo –insistió Sabrina.

Gavin sonrió.

–Yo soy del pueblo, nací en Aspen.

–Ya sabes a qué me refiero. Hay gente sin trabajo que necesita el dinero.

–Me alegro de poder contar con tu ayuda –intervino su abuelo, dándole una palmadita en la espalda–. Y si no vais a salir esta noche, puedes quedarte a cenar. Cuando terminemos de repasar la lista de cosas que hacer, Sabrina ya habrá hecho algo. Es una cocinera estupenda, lo aprendió de mi Colleen.

Sabrina de verdad estaba a punto de ponerse a gritar. Lo único que quería cocinar para Gavin Jarrod era algo que le produjera vómitos.

–Seguro que Gavin tiene mejores cosas que hacer.

–No, la verdad es que no –dijo la rata, con una sonrisa inocente que Sabrina no creyó ni por un segundo–. Henry, enséñame esa lista. Necesito ver qué herramientas voy a necesitar.

–Buena idea –su abuelo se dirigió a la oficina más alegre de lo que Sabrina lo había visto en mucho tiempo.

Tener que soportar a Gavin durante tres semanas le parecía un desastre. Por el brillo burlón de sus ojos, él sabía que la estaba sacando de quicio...

y le encantaba. Si tuviera en la mano la sartén de su abuela, le daría en la cabeza con ella.

Pero, por su abuelo, se callaría. Y si lograba arreglar todo los desperfectos del hostal, soportaría la compañía de Gavin. Pero nada más. Nada de citas.

Y, definitivamente, nada de besos.

–He llevado a tu nieta a la mina –dijo Gavin, mientras Henry buscaba entre sus papeles.

El hombre levantó la cabeza para mirarlo por encima de sus gafas bifocales.

–¿Y por qué has hecho eso?

–Sabrina no quería salir conmigo y he tenido que utilizar la mina… –Gavin sacudió la cabeza–. ¿Siempre es tan cabezota?

–La vida la ha hecho testaruda, sí. Pero eso no tiene por qué ser malo. Me recuerda a mi Colleen. En mis tiempos, eso se llamaba agallas y queríamos que nuestras mujeres las tuvieran. Las que no las tenían duraban poco por aquí.

Tal declaración levantó una bandera roja. Gavin había estado con Sabrina durante una hora, mostrándole los túneles, explicando cómo sacaban la plata e intentando sutilmente interrogarla, pero sacarle información a esa mujer era casi imposible.

–¿Por qué es tan dura?

–Eso tendrás que averiguarlo por ti mismo –respondió Henry–. Yo no voy a ponértelo fácil, contratarte para que ayudes en el hostal es lo máximo que voy a hacer por ti. Tendrás que cortejarla y no voy a mentirte, no será fácil.

–Ya me he dado cuenta.

–Hemos quedado en que este acuerdo quedará entre nosotros. ¿Vas a cumplir tu palabra, Jarrod?

–Pienso ser sincero con ella, te lo aseguro. Le dije que habías aceptado venderme la parcela, pero no le hablé de las condiciones.

Henry Caldwell clavó en él su mirada.

–Eso es lo más justo. Una vez que tenga en la mano el certificado de matrimonio, firmaré la escritura –le dijo, ofreciéndole la lista de las cosas que había que arreglar.

–No voy a tardar tres semanas en arreglar esto –murmuró Gavin.

–Entonces será mejor que trabajes despacio en las tareas y rápido en Sabrina.

¿Qué otra cosa podía hacer con el invierno a las puertas? Gavin sabía que, si no lo conseguía, tendría que esperar hasta la primavera y eso significaba quedarse más tiempo en Aspen.

Y eso no iba a pasar.

–Debo admitir –empezó a decir el viejo, riendo– que esto va a ser muy divertido para mí.

Capítulo Cuatro

No era fácil recordar un día que hubiera temido más que aquél, pensaba Sabrina el miércoles por la mañana, mientras se dirigía a la cocina para hacer el desayuno y desaparecer antes de que Gavin llegase.

La noche anterior había sido una cobarde y, con la excusa de que tenía que arreglar papeles, había dejado a su abuelo y Gavin cenando en el comedor mientras ella se encerraba en la oficina. Pero evitarlo no sería tan fácil aquel día.

Al escuchar voces masculinas, Sabrina se detuvo abruptamente en el pasillo. Gavin había llegado.

Con el pulso acelerado, dio un paso atrás pero el suelo de madera crujió bajo su peso.

−¡El café está listo, Sabrina! −la llamó su abuelo.

Maldición, estaba atrapada. Y no iba a dejar que Gavin pensara que era una cobarde.

Irguiendo los hombros, se arregló un poco el pelo frente al espejo y, respirando profundamente, se dirigió a la cocina.

Los dos hombres estaban sentados a la mesa, su abuelo con el periódico, Gavin con una taza de café en la mano. Estaba guapo con un jersey de cuello alto blanco que destacaba su piel bronceada, su cabello castaño como el de un esquiador después de un vertiginoso descenso por la montaña. Que estuviera un poco despeinado le parecía extrañamente sexy...

No, nada de sexy. Despeinado y punto.

Sin darse cuenta, miró su boca y se le encogió el estómago. Saber cómo besaba lo cambiaba todo.

No, no cambiaba nada. No estaba interesada.

–Buenos días –dijo por fin.

–Buenos días.

Sabrina miró a su abuelo.

–Te has levantado muy temprano.

Henry se encogió de hombros.

–No tiene sentido quedarse en la cama cuando hay tanto que hacer. Imagino que querrás revisar con Gavin todo lo que hay que arreglar antes de ir a comprar los materiales.

–Pensé que tú ibas a ir con él.

–No, me duelen los huesos, así que se acerca una tormenta de nieve. Hoy me lo tomaré con calma.

Los dolores de huesos habían ido aumentando en el último año. ¿Estaría perdiendo también la cabeza?, se preguntó Sabrina.

Más razones para evitar que Gavin Jarrod se aprovechase de él, pensó. ¿No había dicho su abuelo muchas veces que el padre de Gavin, Donald Jarrod, era un canalla sin escrúpulos? ¿Serían iguales todos los Jarrod?

Podía sentir la mirada de Gavin clavada en ella y se volvió hacia la cafetera, nerviosa. Quería escapar de esa excursión, pero si lo hacía, él tendría que ir solo. Y no quería dejar a Gavin solo con el talonario de su abuelo.

Mientras se servía un café, intentó ignorar la mirada de Gavin clavada en su espalda. La miraba como siempre, como si fuera un rompecabezas que estuviera intentando resolver.

61

–Hoy no tienes que echarte agua en el café –dijo su abuelo–. Lo ha hecho Gavin.

La invasión territorial enfadó a Sabrina. ¿Había estado tocando sus cosas?

Mientras echaba azúcar en su café se le ocurrió la excusa perfecta para evitar a Gavin.

–Tus huesos suelen acertar con las predicciones meteorológicas, abuelo. Tal vez deberíamos posponer las reparaciones hasta que pase la tormenta.

–No, de eso nada. Tú eres la que ha hecho la lista y lo mejor será empezar cuanto antes. Pero si crees que es demasiado para ti, yo iré con vosotros.

Sabrina lo miró, indignada. Era ella quien llevaba el hostal.

–¿De verdad crees que no puedo hacerlo sola? –preguntó.

–No lo sé, hija. El mantenimiento del hostal es una cosa complicada.

–Es un trabajo que me encanta y que hago de buena gana. No sé mucho de mantenimiento, pero estoy aprendiendo.

Gavin se levantó entonces para volver a llenar su taza como si no fuera un invitado. Qué cara tenía aquel hombre.

–He tomado prestada una furgoneta del Ridge. Podríamos ir los tres, pero iríamos apretados porque sólo tiene un asiento.

Y entonces ella estaría entre su abuelo y Gavin, el hombre al que más quería en el mundo y el hombre al que más quería evitar; uno que despertaba todo tipo de sentimientos dormidos dentro de ella.

Pero la pasión para ella significaba dolor y ya había sufrido suficiente.

–Puedo ir de compras yo sola. No necesito tu ayuda.

–En tu furgoneta no puedes cargar tablones de madera y yo no puedo prestarte la mía porque no está asegurada a terceros.

Sabrina apretó los dientes.

–Pediré que me traigan los tablones de la ferretería.

–Pero entonces perderás unos días –replicó él.

Tenía una respuesta para todo, pensó Sabrina.

–Muy bien, iré contigo. Abuelo, tú quédate aquí.

En lugar de volver a la mesa, Gavin se apoyó en la encimera.

–¿Sabías que nuestros abuelos habían sido amigos?

–Muy buenos amigos –asintió Henry–. Hasta que me engañó vendiéndome una mina que no daba nada. Decía que había encontrado vetas de plata del tamaño de una cabeza de cordero, pero era mentira.

–Yo nunca encontré nada tan grande, pero cuando era pequeño buscaba vetas a todas horas –dijo Gavin.

El comentario recordó a Sabrina la intimidad del día anterior y tuvo que darse la vuelta.

–¿Qué quieres desayunar, abuelo?

–Tal vez deberías preguntarle a nuestro invitado, ya que es él quien va a trabajar.

Sabrina se mordió los labios. Gavin no era un invitado, era un empleado temporal y un pesado insoportable.

–¿Gavin?

–Henry me ha hablado de tus tortitas de arándanos. No me importaría probarlas.

–Y beicon –dijo Henry.

Ella miró de uno a otro. ¿Habían estado hablando de ella? ¿Por qué? Su abuelo no podía estar haciendo de casamentero. Él sabía que no había nada que hacer y, además, sabía qué clase de hombres le gustaban. Hombres como Russell, generosos, inteligentes, leales y valientes como su marido, un médico militar dispuesto a arriesgar su vida por los demás; algo que había demostrado lanzándose sobre una granada para salvar a los hombres de su unidad.

Los idiotas egoístas que iban dándose aires no eran lo suyo.

–Si no tienes los ingredientes –estaba diciendo Gavin–, podemos ir a desayunar a Jarrod Ridge.

No, de eso nada. Caminaría descalza sobre cristales rotos antes que desayunar con él en su territorio. Ya era suficiente tener que soportar su presencia y si quería evitar problemas lo mejor sería no estar a solas con él.

–Tengo todo lo que necesito. Si me perdonas un momento… –Sabrina señaló la mesa con la mano para ver si entendía la indirecta.

Había hecho tortitas con arándanos un millón de veces, pero aquella mañana le temblaban las manos cuando intentó batir los huevos. Mientras ella trabajaba, los dos hombres hablaban de política, de deportes y coches. Y, por mucho que intentara olvidarse de ellos, no podía escapar de la voz de Gavin, tan masculina, tan ronca.

Pareció tardar un siglo en sacar la última pieza de beicon de la sartén y echar la última tortita en la bandeja pero, por fin, llevó los platos a la mesa y se volvió hacia la puerta.

–Espera un momento, hija. Siéntate y desayuna con nosotros.

–Tengo cosas que hacer antes de irme, abuelo.

–No vas a esconderte en la oficina como hiciste anoche. Esa lista de cosas que hay que arreglar es idea tuya.

Negarse a hacerlo resultaría extraño, de modo que tuvo que sentarse. Pero no tenía apetito. ¿Cómo iba a tenerlo si Gavin la ponía nerviosa? Russell la hacía sentir cómoda. Era dinámico, enérgico, pero nunca la había hecho sentir inquieta de ese modo, como si no pudiera llevar aire a sus pulmones.

Sabrina se obligó a sí misma a tomar una tortita y estaba terminando de comerla cuando su abuelo sacó el talonario, haciéndola sonreír. Todo el mundo usaba tarjetas de crédito hoy en día, pero su abuelo era de la antigua escuela.

–Podríamos cargarlo todo en la tarjeta del hostal.

–No me gustan esas cosas electrónicas. Nunca sabes lo que te han cobrado –dijo él, firmando un cheque que arrancó del talonario.

Pero cuando Sabrina dejó el tenedor sobre el plato para tomarlo, su abuelo se lo entregó a Gavin.

¿A Gavin? ¿Cómo podía ser tan confiado con un extraño? ¡Acababa de darle un cheque en blanco!

Dependía de ella que Gavin Jarrod no se aprovechara de la inocencia de su abuelo, se dijo. No iba a perderlo de vista hasta que el trabajo estuviera terminado y desapareciera de sus vidas para siempre.

***

Sabrina miró su reloj, pero el tiempo parecía haberse detenido.

–Relájate y tómate el café –dijo Gavin–. Han dicho que nuestro pedido estará listo en una hora.

–No sé por qué tardan tanto.

–Sólo tienen un empleado para manejar la grúa –Gavin suspiró–. ¿Seguro que no quieres comer nada? Apenas has probado el desayuno.

–Estoy bien –dijo ella. Con los nervios de punta, lo último que necesitaba era más cafeína. En cuanto a comer… no, imposible. Tenía el estómago cerrado y la calma de Gavin sólo servía para ponerla más nerviosa–. Traerme a un restaurante ha sido tu objetivo desde el principio. Enhorabuena, te has salido con la tuya.

–Y tu expresión emocionada hará que todas las mujeres de Aspen me pidan el teléfono –bromeó él.

Sabrina intentó no sonreír. No quería que le cayese bien.

En una tienda tan grande como en la que acababan de estar, ¿cómo era posible que hubiera tan poco espacio de manera que Gavin y ella habían estado en contacto permanentemente? Pero así había sido. Sus manos se rozaban, sus hombros… cada vez que se daba la vuelta, él estaba a su lado.

Su pulso no había recuperado la normalidad desde que subió a la furgoneta y había suspirado tantas veces en la tienda que cualquiera que no la conociese pensaría que tenía un problema respiratorio.

¿Cómo podía librarse de él y proteger a su abuelo al mismo tiempo?

Sabrina levantó la mirada y cuando lo encontró

observándola de nuevo sintió como si estuviera en un paracaídas empujado por un golpe de viento.

–¿Tenías que pedirlo todo de la mejor calidad?

–Los productos más caros tienen mejores garantías. Si tienes algún problema, los reemplazan por otros nuevos.

Sí, eso era cierto. Pero el total de la factura había sido un veinte por ciento más del que ella había calculado. Afortunadamente, en la cuenta había fondos suficientes. El hostal no tenía problemas económicos pero era el hecho de que Gavin se sintiera tan libre con el talonario de su abuelo lo que la molestaba.

Sabrina tomó un sorbo de café, pensando que el que Gavin había hecho por la mañana en el hostal era mejor que aquel, tal vez incluso mejor que el suyo y ella se enorgullecía de hacer un café estupendo para los clientes.

Pues muy bien, Gavin Jarrod hacía un café decente. ¿Y qué? Ésa no era una razón para tenerlo cerca.

–¿Qué quieres de mi abuelo? –le preguntó entonces.

–Ya te lo he dicho, la mina y la parcela –respondió él. Parecía sincero, pero que de nuevo hubiese apartado la mirada contradecía sus palabras.

Con casi cincuenta años entre Gavin y su abuelo, la repentina amistad entre los dos hombres le parecía muy sospechosa. Gavin buscaba algo, seguro. Aún no sabía qué y la única manera de averiguarlo era conocerlo mejor. Y no era un proyecto que la atrajera demasiado.

–¿Dónde vives cuando no estás aquí?

–Divido mi tiempo entre Las Vegas y Atlanta.

–¿Por qué dos sitios tan diferentes?

–Porque mi hermano tiene un hotel en Las Vegas y Atlanta está cerca de los Apalaches, donde me gusta hacer rafting.

–Ah, entonces te gusta practicar deportes al aire libre.

La anchura de sus hombros lo dejaba bien claro.

–Sí.

–¿Sueles cazar?

–No, pero me gusta hacer fotografías de animales en plena naturaleza.

Buena respuesta. Tendría que encontrar otra cosa que no le gustase de Gavin, aparte de que era rico, la forzaba a soportar su compañía y no confiaba en él.

–¿Por qué crees que puedes encargarte del mantenimiento del hostal? ¿Los ingenieros no se dedican a trabajar en un estudio?

–Sí, pero a mí me gusta trabajar con las manos. Me involucro con mi equipo en los proyectos y cuando estaba en la universidad trabajé haciendo de todo.

¿Había trabajado con las manos? Eso explicaba las cicatrices y los callos.

–¿Por qué? ¿Tu padre no te pagaba la universidad?

–Sí, pero a cambio tenía que trabajar en el Ridge durante los veranos. Y durante el resto del año trabajaba en obras para no tener que pedirle dinero a él.

De modo que tal vez no era un irresponsable como tantos niños ricos…

–¿Por qué estudiaste Ingeniería?

–Porque me gusta saber cómo funcionan las cosas y encontrar la manera de salvar obstáculos que otros consideran imposibles. ¿Y tú?

–¿Yo qué?

–¿Siempre has querido llevar el hostal?

Sabrina se mordió la lengua cuando estaba a punto de decir que no. Durante la época del instituto, lo único que quería era alejarse de sus padres y de la seria y exigente comunidad universitaria a la que pertenecían. No tenía grandes objetivos además de eso. Inicialmente, se había sentido atraída por Russell porque era todo lo que no eran sus padres: grande, enérgico, un hombre de acción más que de palabras.

Se había enamorado de él locamente y había terminado embarazada. El ultimátum de sus padres para que abortase o se fuera de casa no le había dejado opción alguna. Russell y ella se habían escapado cuando cumplió los dieciocho años, unos días después de graduarse en el instituto. Había creído que su vida consistiría en ser la esposa de un militar y criar a sus hijos, pero no había sido así.

Sabrina se llevó una mano al abdomen, parpadeando rápidamente para olvidar el pasado.

–¿Eso importa? Estoy aquí porque mi abuelo me necesita y no pienso defraudarle. Y tampoco voy a dejar que nadie se aproveche de él.

–¿Qué harías si tu abuelo vendiera el hostal?

Sabrina lo miró, alarmada. Ella adoraba el hostal y era feliz atendiendo a los clientes como había hecho su abuela. No se imaginaba haciendo otra cosa y tampoco tenía titulación o experiencia profesional en nada más.

–No lo venderá. Mi abuelo le tiene mucho cariño al Snowberry Inn.

Además, él sabía que el hostal era su refugio, el único sitio en el que se había sentido querida y protegida. Había visto ese maldito folleto y tenía sus dudas, pero no iba a darle a Gavin Jarrod esa información.

–¿Y si te casaras con alguien que no viva aquí?

–No tengo intención de hacerlo.

–Lo dices como si estuvieras completamente segura.

–Porque lo estoy.

Lo había hecho antes y durante los cuatro años de su matrimonio no había visto a sus abuelos. Russell estaba destinado en Carolina del Norte y ella era demasiado orgullosa como para decirle a sus abuelos que no tenía dinero para el avión. Y cuando su abuela murió, sin que pudieran despedirse, había tenido que pedir dinero prestado a los amigos de Russell para ir a Aspen porque sus padres no quisieron dárselo.

Hora de cambiar de tema.

–¿Por qué te fuiste de aquí?

Gavin suspiró.

–Por la determinación de mi padre de convertirnos en clones de sí mismo.

–¿Y eso era malo?

–Sí, muy malo. Era un hombre que quería controlarlo todo, pero escapamos de él. Hasta ahora.

El deseo de escapar de unos padres exigentes era algo que tenían en común. Sus padres eran unos perfeccionistas que nunca la habían perdonado por no estar a la altura de sus expectativas. La consideraban una vergüenza para la familia y llevaban años sin hablarse.

–¿Y tu madre? –le preguntó.

Gavin miró su taza de café.

–Murió de cáncer cuando yo tenía cuatro años. Apenas la recuerdo.

Su propia madre no había sido nunca una persona cariñosa, pero al menos había estado a su lado físicamente... hasta que la necesitó de verdad. Entonces le dio la espalda.

–Lo siento.

–Así es la vida –Gavin se encogió de hombros–. Bueno, si terminamos a tiempo con los arreglos tendrás unos días para relajarte antes de que empiecen a llegar los clientes. ¿Qué piensas hacer en ese tiempo?

¿Relajarse? ¿Qué era eso? Estaba tan ocupada con el hostal y cuidando de su abuelo que no se recordaba a sí misma sin hacer nada.

–No lo sé. Solía montar a caballo, pero...

–¿Tenéis caballos?

–No, mi abuelo los vendió cuando murió mi abuela porque daban mucho trabajo. Además, le recordaban a ella.

–En el Ridge tenemos caballos.

En el Ridge tenían de todo.

–Me alegro por ti.

–Era una invitación, no estaba presumiendo –dijo Gavin–. Si quieres montar a caballo, puedes hacerlo allí.

Tentador, pero entonces tendría que soportar su compañía y aquel hombre la irritaba como una ampolla en la planta del pie.

–Gracias, pero no.

Tenía que salir de allí, pensó, aunque tuviera que helarse mirando escaparates durante una hora.

La camarera le brindó una oportunidad cuando se acercó para ofrecerles más café.

–No, gracias. ¿Nos trae la cuenta, por favor?

–Sí, claro –respondió la mujer, dejándola sobre la mesa.

Sabrina y Gavin intentaron tomarla al mismo tiempo y cuando sus manos se rozaron, el contacto fue como una descarga eléctrica. Ella se apartó, experimentando algo que no había querido experimentar nunca más.

–Oye, que quería pagar yo.

–Considerando que vas a darme tres comidas al día durante las próximas tres semanas, es lo mínimo que puedo hacer.

–¿Quién dice eso?

–Henry. De hecho, tu abuelo me ha ofrecido una habitación en el hostal, pero prefiero quedarme en Jarrod Ridge.

–Seguro que preferirías comer allí también.

Gavin negó con la cabeza.

–Llevo meses comiendo platos gourmet, es hora de cambiar. Estoy deseando probar comida casera.

En ese momento, a Sabrina no le caía nada bien su abuelo.

¿En qué situación la había metido?

Capítulo Cinco

Los viejos huesos de Henry Caldwell habían estado en lo cierto, pensó Gavin cuando un golpe de viento helado atravesó su jersey mientras sacaba de la furgoneta los materiales que habían comprado.

Había empezado a nevar cinco minutos antes y Sabrina, tan testaruda como siempre, había insistido en ayudarlo a descargar las cosas. Y aunque admiraba sus agallas, como las llamaba Henry, no quería que resbalase en la nieve llevando en las manos un montón de tablones de madera.

Después de dejar dos cubos de pintura en el porche, tomó del perchero su chaqueta de esquí y entró en la cocina. La de Jarrod Ridge nunca tendría ese ambiente tan hogareño, pensó.

–Mi abuelo está durmiendo –dijo Sabrina.

Se había quitado el gorro de la lana y, con los rizos cayendo sobre sus hombros, parecía recién levantada de la cama. Pero eso contrastaba con su reservada expresión. También se había quitado el parka, dándole otra oportunidad de admirar sus curvas bajo el jersey, en aquella ocasión de color azul pálido.

–Vete a casa. No podemos trabajar cuando está nevando –las palabras de Sabrina interrumpieron la inspección.

No iba a librarse de él tan fácilmente, pensó Gavin. Si lo único que había entre ellos era una atrac-

73

ción física, pensaba explotarla descaradamente para conseguir lo que quería.

–No puedo pintar el exterior mientras está nevando, pero sí puedo cambiar el cristal roto de la ventana.

–Eso puede esperar –dijo Sabrina.

–Es lo más sencillo de la lista y ahora que está bajando la temperatura me parece lo más sensato. Dime dónde está la habitación.

–Mi abuelo puede hacerlo –insistió Sabrina–. O puedes decirme cómo y yo misma lo haré. De todas forma, es algo que tengo que aprender.

–Es más fácil hacerlo que enseñarte –insistió Gavin–. Además, estoy aquí para trabajar. Puedo ponerme a cambiar el cristal o sentarme en la cocina para verte hacer el almuerzo mientras espero que deje de nevar.

Resignada, Sabrina señaló el pasillo.

–Es por aquí.

Gavin nunca había conocido a nadie tan decidido a odiarlo y debía admitir que no era una experiencia agradable. Pero tomó el cristal y la siguió por el pasillo, admirando el movimiento de sus caderas. Tenía un bonito trasero, pequeño pero redondo, con suficiente carne para que un hombre lo agarrase…

Al entrar en la habitación notó que olía a jazmín, vainilla y canela. Aquélla no era una habitación para los clientes.

–¿Es tu dormitorio? –le preguntó.

–Sí.

Gavin miró la cama, una cama que compartirían en el futuro porque no estaba dispuesto a fracasar.

Deseaba ver su cabello extendido por la almohada, acariciar su cuerpo desnudo bajo la anticuada colcha. Tal vez colocaría alguno de esos cursis almohadones de encaje bajo su trasero para mejorar el ángulo cuando se enterrase en ella.

La presión en su entrepierna aumentó al pensar eso mientras miraba alrededor, buscando más pistas sobre su futura esposa. Los muebles eran tradicionales, pintados de blanco, las paredes en tono pastel. Lo único que no pegaba con la decoración era una bandera doblada de forma triangular y una caja de madera de cerezo en una esquina.

No la habría imaginado como una persona particularmente patriótica…

Sobre cada mesilla había una fotografía enmarcada. Henry y una mujer que debía de ser Colleen en una de ellas, pero el ángulo de la otra no le permitía ver de quién se trataba. Decidido a comprobar a quién más tenía Sabrina al lado de la cama, Gavin dio un paso adelante, pero ella se interpuso en su camino.

—El cristal roto está en el cuarto de baño.

Él la siguió sin decir nada porque Sabrina parecía nerviosa. Había un momento para dar el empujón final que lo llevaría a la meta y un momento para mantener el ritmo. Y aquél era este último.

En lugar de buscar el segundo beso de manera prematura y arriesgarse a asustarla, Gavin miró alrededor. Al ver una bañera con patas de hierro en una esquina, en su mente aparecieron imágenes de Sabrina desnuda y mojada, los rizos oscuros cayendo sobre el borde mientras esperaba que se reuniese con ella… y su corazón empezó a latir con más fuerza.

Intentando disimular miró la encimera del lavabo, que estaba muy ordenada, sin las cremas, perfumes y cosméticos que las mujeres que él conocía parecían necesitar para vivir.

–No sé cómo se ha roto –dijo Sabrina, señalando el cristal de la ventana–. Tal vez haya sido un pájaro.

El cristal estaba sujeto con un trozo de cinta aislante, pero lo que más interesó a Gavin fue que ella pareciera tan nerviosa. Podía negarlo, pero entre ellos había una poderosa atracción sexual.

–Es fácil cambiar un cristal. Puedo enseñarte…

–No, te dejo solo. Así lo harás más rápido.

Gavin la tomó del brazo cuando iba a salir del baño.

–Pensé que querías aprender.

–Ya, pero es que… tengo que hacer el almuerzo.

–Sólo tardaré cinco minutos. Podemos hacerlo entre los dos, es muy fácil.

–Aprenderé en otra ocasión. Cerraré la puerta para que el frío no se cuele en la casa –Sabrina salió precipitadamente del baño y cerró la puerta de golpe.

Más curioso que nunca, Gavin sacudió la cabeza. No había la menor duda de que su presencia la afectaba tanto como a él, pero se resistía. La cuestión era por qué.

Terminó de cambiar el cristal en unos minutos y después de recoger las herramientas volvió al dormitorio, decidido a ver la fotografía sobre la mesilla que no había podido ver antes.

Pero había desaparecido. Sabrina debía de habérsela llevado.

¿Qué tenía que esconder? Era imperativo descubrir sus secretos para seguir adelante con su plan.

Sabrina intentaba no hacer ruido mientras lavaba los platos del almuerzo pero, por mucho que lo intentase, no era capaz de escuchar lo que decían su abuelo y Gavin en el salón.

Estaba cotilleando. ¿Cuánto más bajo iba a caer para librarse de Gavin Jarrod?

No debería dejar a su abuelo solo con él, pero hasta que pudiera poner orden en sus embarullados pensamientos no tenía otra opción y lavar los platos era la única ocasión que había tenido esa mañana para librarse de Gavin.

Verlo en su dormitorio le había parecido una invasión… pero en absoluto repulsiva. Su pulso se había acelerado y le ardía la cara.

Sólo porque ningún hombre había entrado en esa habitación aparte de Russell.

Eso era. Se había sentido incómoda, nada más. No se había excitado, sería absurdo.

Pero cuando Gavin miró la fotografía de Russell se había asustado. Solía terminar el día mirando la bandera y recordando que su marido había estado dispuesto a morir por una causa en la que creía apasionadamente. Cada noche, antes de dormirse, le daba las buenas noches a la fotografía de Russell…

¿Cuándo había dejado de hacerlo? No lo recordaba.

Angustiada, había escondido la fotografía porque no quería que Gavin le preguntase por su marido. Y estaba segura de que lo haría.

Pero él había estado mirándola como un predador durante todo el almuerzo, poniéndola nerviosa. Casi esperaba que le preguntase por la fotografía, que removiera esa herida que aún no estaba curada del todo. Pero no, se había dedicado a hablar con su abuelo sobre un dique que había construido en Namibia. Si hubiera estado menos tensa le habrían interesado sus aventuras. Gavin trabajaba en sitios fabulosos con los que ella había soñado muchas veces y había hecho cosas con las que ni siquiera había soñado nunca. Debía de ser asombroso mirar un puente o un dique y pensar que lo habías hecho tú...

Su abuelo entró entonces en la cocina, seguido de Gavin.

–¿Adónde vais? –les preguntó, al ver que tomaban los abrigos del perchero.

–Henry quiere que lo lleve a la mina –respondió Gavin.

–Pero si está nevando...

–Dejó de nevar hace rato y no volverá a hacerlo hasta dentro de dos horas.

–Pero el suelo estará resbaladizo –insistió Sabrina.

–No te preocupes, acercaré la furgoneta todo lo posible –dijo Gavin–. Según el parte meteorológico, va a estar nevando toda la semana y no tendremos otra oportunidad de hacerlo.

Si no podía convencer a aquel cabezota lo intentaría con su abuelo, pensó Sabrina.

–¿Y tu dolor de huesos?

–Ya no me duelen tanto y el ejercicio me vendrá bien.

No podía dejarlos solos. Gavin ya había conseguido una promesa de venta y un cheque en blanco, a saber qué más pensaría sacarle a su abuelo.

–Iré con vosotros.

–Vamos a ir en la furgoneta –le advirtió Gavin. Eso la colocaría entre su abuelo y él…

–No importa.

Gavin la ayudó a ponerse el parka y cuando rozó su nuca con los dedos, Sabrina tuvo que disimular un escalofrío.

Pero no se sentía atraída por él, para nada. No lo permitiría. Tenía demasiadas razones para que no le gustase aquel hombre.

–Abuelo, ¿no vas a ponerte un gorro?

–Sí, es verdad –Henry salió de la cocina y Sabrina esperó hasta estar segura de que no podía oírla para volverse hacia Gavin.

–Subir a la mina será demasiado para él. ¿Por qué insistes en llevarlo?

–No le pasará nada. Iremos despacio.

–Gavin…

–Tu abuelo quiere hacerlo, Sabrina, y tú tienes que dejarle –la interrumpió él.

–No tiene por qué ir hoy precisamente. Podemos esperar a que haga mejor tiempo.

–Hoy es el aniversario del día en el que tu abuela y él grabaron sus iniciales en la viga. Según Henry, la última vez que fueron felices de verdad, antes de que le diagnosticaran el cáncer de páncreas –dijo Gavin–. Quería ir solo, pero he insistido en ir con él.

A Sabrina se le encogió el corazón. ¿Podía Gavin ser un canalla sin escrúpulos si mostraba tanta consideración por su abuelo?

–No sabía lo del aniversario. No me lo había contado... de hecho, no nos contó que mi abuela tenía cáncer hasta poco antes de que muriera –empezó a decir, sacudiendo la cabeza–. Supongo que debo darte las gracias por insistir en ir con él.

Gavin tomó el gorro del perchero y se lo puso en la cabeza. Ese gesto íntimo la sorprendió, pero no podía apartarse porque Gavin seguía sujetándolo.

–Me cae bien tu abuelo. No tienes nada que temer de mí, te lo aseguro.

Parecía sincero y ella quería creerlo, pero había demasiadas cosas en juego.

–Espero que no estés mintiendo.

–Yo no miento –Gavin deslizó los dedos por su cuello, pero se apartó cuando su abuelo volvió a la cocina.

Con el corazón latiendo como loco, Sabrina salió con ellos y, a regañadientes, subió a la furgoneta, con Gavin a su lado tras el volante, sus rodillas tocándose. Ni siquiera las capas de ropa que llevaba podían evitar que le llegase el calor de su cuerpo. Le gustaría saltar del vehículo, pero sabía que no podía evitar la excursión porque debía proteger a su abuelo.

El tiempo parecía ir más lento de lo normal mientras atravesaban el valle y cada bache en la carretera la acercaba un poco más a Gavin.

Aliviada cuando por fin echó el freno de mano, Sabrina escapó en cuanto su abuelo bajó de la furgoneta y, por fin, pudo llevar aire a sus pulmones. Pero una parte de ella notaba, y echaba de menos, el calor del cuerpo masculino.

Gavin tomó un camino diferente al que habían tomado ellos para ir a la mina, pero no habían caminado cien metros cuando notó que su abuelo respiraba con dificultad. Y antes de que pudiera decir nada, Gavin se detuvo.

–Ésta es la mejor vista del valle. Si alguna vez decido volver a Aspen para siempre, me haré una casa aquí.

Su abuelo se apoyó en una roca.

–Sí, desde aquí puedo ver el hostal y el sitio favorito de Colleen frente al río.

La tristeza que había en su voz encogió el corazón de Sabrina, que lo tomó del brazo para ofrecerle su apoyo. Le dolía en el alma haber perdido a Russell y ellos sólo habían estado cuatro años casados. No podía ni imaginar el sufrimiento de su abuelo después de toda una vida con su mujer. ¿Le dolería siempre la ausencia de Russell como a su abuelo la de Colleen?

Apenas prestaba atención mientras los dos hombres hablaban sobre la historia de Aspen como si se conocieran de toda la vida. Ella había querido pasar el resto de su vida con Russell, pero no había sido posible. Su marido había sacrificado su vida para que otros pudieran volver con sus esposas… había elegido a sus hombres por encima de ella.

Cuando por fin su abuelo había descansado un poco Gavin siguió por el camino, pero se detuvo de nuevo en cuanto vio que Henry volvía a cansarse, señalando una formación de rocas.

Sabrina estaba impresionada y sorprendida por su consideración. Pero estaba claro también que intentaba manipular a su abuelo. ¿De qué otras maneras pensaría engañarlo y engañarla a ella?

Cuando por fin llegaron a la boca de la mina, su

abuelo fue el primero en entrar, mientras Gavin y ella se quedaban atrás.

–El otro día no me trajiste por aquí –le dijo, molesta.

–Porque tú podías subir por el otro camino.

–O sea, que me hiciste agotarme y sudar sólo para divertirte.

–El camino más difícil es también el más pintoresco, pero dudo que Henry hubiera podido soportarlo.

En eso tenía razón, pensó. Pero cuando iba a entrar tras su abuelo, Gavin la sujetó del brazo.

–Dale unos minutos. Seguramente querrá estar solo.

Tenía que dejar de tocarla. Cada vez que lo hacía, avivaba unas llamas que ella no quería volver a encender.

Intentó soltarse, pero Gavin no la dejó.

–Te has dejado los guantes en la furgoneta –le dijo–. Tienes las manos heladas.

–Puedo ir a buscarlos...

–No hace falta. No estaremos aquí mucho tiempo –Gavin metió las manos en los bolsillos del parka y entrelazó los dedos con los suyos–. ¿Quién te ha hecho daño, Sabrina? ¿Quién te ha hecho ser tan recelosa?

Ella lo miró, perpleja.

–Nadie. Nadie me ha hecho daño, estoy perfectamente.

–Sí, eres perfecta... de hecho, yo diría que eres guapísima.

Debería haber sonado como una de esas frases baratas para ligar, pero la sinceridad que había en sus ojos la dejó sorprendida. Y cuando levantó una mano para acariciar su cara sintió que le ardían las mejillas a pesar del frío. Su proximidad la mareaba.

«Apártate».

Pero entonces Gavin miró sus labios y fue como si tuviera raíces en los pies sujetándola al suelo. Sabrina dejó escapar un gemido de sorpresa cuando rozó sus labios, sujetando su cara entre las manos, sintiéndose cautiva.

Tenía que apartarse, pero sabía tan bien… a chocolate con menta, a Gavin. No quería devolverle el beso pero de alguna forma sus lenguas se enredaron y, sin saber cómo, se acercó más hasta apoyarse en su torso.

Se sentía viva, femenina, deseable, un trío de sensaciones que no había experimentado en mucho tiempo. Una combinación que sólo había provocado pena y dolor, pensó, dando un paso atrás.

–No quiero que vuelvas a hacer eso.

–¿Cuándo te divorciaste?

Esa pregunta la hizo parpadear, perpleja.

–Yo no estoy divorciada.

–Pero tampoco estás casada. No llevas alianza.

Sabrina estuvo a punto de decirle que se metiera en sus asuntos. Pero tal vez la verdad lo asustaría.

–Mi marido era médico militar. Un héroe que murió para salvar a sus hombres.

Gavin se quedó sorprendido.

–Entonces la bandera que hay en tu habitación… y era su fotografía en la mesilla.

–Sí.

–¿Cuándo ocurrió?

–Hace tres años.

–Y aún no lo has olvidado.

–Nunca lo olvidaré, Gavin. No se puede olvidar un amor así.

–Pero no puedes seguir adelante si vives en el pasado.

–A lo mejor yo no quiero seguir adelante.

Porque olvidar el pasado significaba abrir su corazón al dolor otra vez.

Estaba compitiendo contra un santo, pensó Gavin. Ahora entendía que Henry Caldwell hubiera tenido que sobornar a un extraño para que se casara con su nieta. El viejo le había puesto un objetivo imposible.

¿Habría sabido desde el principio que no había una sola posibilidad de conquistar el corazón de Sabrina?

¿Y por qué no iba a haber ninguna posibilidad?, se preguntó entonces.

Él deseaba a Sabrina más que nunca, no sólo por la mina o porque le gustara que protegiese a su abuelo como una leona sino porque la pasión que encendía en él prometía ser más fuerte que nada de lo que hubiera experimentado hasta aquel momento.

Convencerla para que vieran dónde podía llevarlos esa pasión era un reto, pero nada le gustaba más que saltar un obstáculo. Al fin y al cabo, se había forjado una reputación llevando a cabo proyectos que para otros habían sido imposibles.

Quitándose los guantes y golpeando el suelo del porche con las botas, Gavin llamó a la puerta del hostal el jueves por la mañana. Henry Caldwell abrió la puerta y miró tras él.

—Ah, veo que has tirado la casa por la ventana, ¿eh?

—Eso es.

—Entra y sírvete una taza de café. Sabrina vendrá enseguida.

—Gracias, pero he traído un termo de café y unos bollos. Espero que no te importe que la secuestre durante un par de horas.

Henry sonrió.

—Buena suerte.

—Podrías haberme contado lo de su marido.

—¿Y dejar que te rindieras sin intentarlo siquiera? Entonces me habría cargado la diversión, ¿no te parece? —los ojos azules del anciano brillaban, traviesos.

—Me alegro de que lo estés pasando bien a mi costa.

Sabrina salió de su dormitorio en ese momento y Gavin se fijó en su relajada y dulce expresión, que se volvió reservada en cuanto lo vio, como pasaba siempre. Pero eso aceleró el ritmo de su corazón. Sabrina Taylor merecía la pena, se dijo.

—Buenos días.

—Gavin ha venido para darte una sorpresa.

—¿Qué?

—Un paseo en coche de caballos —dijo él.

—Pero está nevando…

—No es más que aguanieve. He traído mantas, café y bollos.

Sabrina se acercó a la ventana y el roce de sus hombros al pasar a su lado lo excitó como si fuera un crío al ver las bragas de una chica por primera vez. Si algún día conseguía... no, cuando consiguiera llevarla a la cama, iban a generar suficiente calor para derretir la nieve de todo el valle.

Ella lo miró por encima del hombro con los ojos brillantes.

—No debería. Mi abuelo...

—Vamos, hija, no me pasará nada por estar solo un par de horas. Los dos sabemos cuánto echas de menos los caballos.

Sabrina vaciló, mirando por la ventana de nuevo. Fuera, los caballos piafaban, haciendo tintinear los cascabeles de los correajes cuando movían la cabeza.

Gavin se daba cuenta de que quería decir que sí y decidió darle un empujoncito:

—Si quieres ver el amanecer desde la montaña, tenemos que irnos ahora mismo.

—Ve, Sabrina, antes de que la carretera se vuelva resbaladiza —la animó su abuelo—. Estáis perdiendo el tiempo.

Gavin observó el cambio en su expresión y supo que había un cincuenta por ciento de posibilidades de que dijera que sí. Nunca había conocido a una mujer más difícil de entender.

Por fin, Sabrina suspiró.

—Una vueltecita nada más.

Gavin tuvo que contenerse para no levantar el puño en un gesto de victoria. Había dado un paso más hacia su objetivo.

Capítulo Seis

Tenía que terminar con aquella postal navideña de inmediato, decidió Sabrina cuando el coche de caballos dobló una esquina y vio el hostal a lo lejos. Pero decirse a sí misma que debía olvidar la romántica fantasía que Gavin había creado y hacerlo eran dos cosas completamente diferentes porque, gracias a su abuela, ella adoraba a los caballos.

Estaba calentita bajo la manta a pesar de la temperatura. Y también era gracias al café y los bollos de Gavin, que le contaba historias sobre su infancia en Aspen. El golpeteo de los cascos de los caballos sobre el pavimento y el tintineo de los cascabeles, combinado con la blanca nieve y el fresco aire de la mañana, habían conseguido que la realidad y la fantasía se mezclasen.

–Tienes buenas manos –dijo Sabrina–. Quiero decir que sabes llevar las riendas.

–Mi padre nos hacía trabajar en muchas tareas y yo llevaba los coches de caballos cada vez que tenía oportunidad.

–¿Qué otros trabajos hacías?

–Lo que hiciera falta. Mi padre quería que aprendiéramos el negocio desde abajo.

De nuevo se estaba cargando sus ideas preconcebidas sobre él. ¿De verdad podía ser tan diferente a los chicos que iban a la universidad privada en la que

87

sus padres impartían clases? Los chicos que salían con ella sólo para que sus padres les subieran la nota.

–Ayer te portaste muy bien con mi abuelo –tuvo que reconocer–. ¿Cómo sabías que necesitaba estar solo un rato?

–He aprendido de la experiencia con amigos o colegas que han perdido a un ser querido. Uno aprende a escuchar si quieren hablar o a darles su espacio si quieren estar solos. A los hombres no les gusta compartir sus penas con nadie.

Cuando decía esas cosas resultaba difícil creer que quisiera engañar a su abuelo. De hecho, en aquel momento Gavin le gustaba de verdad. Y eso no era bueno. Había bajado la guardia y estar con él amenazaba la paz que había conseguido encontrar después de mucho sufrimiento. Pero mientras estuvieran al aire libre no podía pasar nada, se dijo.

Gavin guió a los caballos con mano firme hasta el hostal, pero en lugar de detenerse en la puerta llevó el coche hacia el establo.

–¿Qué haces? –le preguntó Sabrina.

–Henry me deja guardar los caballos en el establo mientras esté trabajando aquí. Sé que los echas de menos, me lo dijiste el otro día, así que iremos a montar juntos.

«No, no, no».

–No tengo tiempo para montar a caballo.

–Tienes que buscar tiempo para las cosas importantes. Además, a Henry le gustará verte montando a caballo. Me ha contado que solías hacerlo con tu abuela.

Convirtiéndolo en un deseo de su abuelo hacía imposible que lo rechazara…

–Fue ella quien me enseñó a montar. Los caballos eran como sus hijos.

Gavin saltó del coche para abrir la puerta del establo. Olía diferente, pensó Sabrina. En lugar de a polvo y desuso, olía a heno fresco y a pienso. Y alguien había preparado dos de los cajones.

–¿Cuándo has hecho todo esto?

Gavin hacía que cerrar las enormes puertas del establo pareciese fácil cuando no lo era en absoluto. Ella tenía que apoyar el peso de su cuerpo para hacerlo.

–Henry y yo lo limpiamos cuando volvimos de la mina.

Sabrina se había preguntado dónde se habían metido...

–Normalmente, mi abuelo se echa una siesta por la tarde.

–Porque no tiene nada que hacer. Necesita sentirse útil.

Sin la pálida luz del sol, el interior del establo creaba una intimidad que Sabrina no deseaba.

–Pero la lista de tareas del hostal...

–Tu abuelo no puede encargarse de las tareas. Aún no está dispuesto a admitirlo, pero es así –la interrumpió Gavin, con una sonrisa que provocó un aleteo de mariposas en su estómago.

–Y limpiar establos también es demasiado para él.

–Henry se dedicó a colocar un poco el cuarto de los aperos mientras yo limpiaba los cajones.

Su consideración volvió a sorprenderla. ¿Cómo iba a ser un estafador?, se preguntaba.

Automáticamente, Sabrina lo ayudó a quitar los bocados a los caballos. Cuando terminaron y los aperos estaban colgados en sus correspondientes clavos, él le ofreció un cepillo y, sin darse cuenta, Sabrina se encontró siguiendo su ritmo mientras pasaba el cepillo por el lomo de la yegua.

¿Sus manos serían igual de suaves con una mujer?

Sabrina apartó de sí tan absurdo pensamiento. Gavin era tan bueno con los caballos como con su abuelo, ¿pero estaría todo preparado? ¿Sería un medio para llegar a un fin?

Aparentemente, estaba acostumbrado a trabajar con las manos, pero años de experiencia con hombres de su clase le decían todo lo contrario.

Y tenía que concentrarse en algo aparte de sus atributos positivos.

–Tus hermanos mellizos, Blake y Guy, tienen un año más que tú, ¿verdad?

–Eso es.

–¿Y Trevor es más joven?

–Sí –respondió Gavin. Cuando se inclinó para limpiar las herraduras del animal, Sabrina no pudo evitar fijarse en su trasero: firme, duro, con suficiente músculo como para que no fuese plano. Pero cuando se irguió, apartó la mirada de inmediato, avergonzada.

Después de cepillar a los animales los llevaron a sus respectivos cajones y llenaron cubos de agua para que bebieran.

Sabrina se aclaró la garganta.

–¿Tus hermanos y tú os lleváis bien?

Gavin se encogió de hombros.

–Más o menos.

–Y luego está Melissa y… Erica Prentice. Pero ella no es una Jarrod, ¿no?

90

–Mi padre nunca reconoció a Erica en vida.

La amargura que había en su voz llamó su atención.

–¿No te cae bien?

–Erica es agradable.

–¿Pero?

Gavin tomó los cepillos para colocarlos en su sitio.

–Mi padre tuvo una aventura con una mujer poco después de la muerte de mi madre.

–Y a ti te duele que la olvidase y siguiera adelante con su vida.

–Me da igual –dijo Gavin.

Pero no era cierto. Se notaba en su postura, en su gesto de rabia.

Sabrina lo siguió hasta el cuarto de los aperos, donde el olor a betún le llevaba recuerdos de las horas que había pasado allí limpiando sillas y bridas. Una ventanita alta dejaba entrar una luz difusa, blanquecina.

–Tal vez necesitaba a alguien para demostrarse a sí mismo que no había muerto con ella –se le ocurrió decir.

Él dejó las mantas en el sofá.

–¿Eso es lo que tú necesitas? ¿Alguien que demuestre que tú no has muerto junto con tu marido?

El inesperado comentario la hizo dar un paso atrás.

–No estamos hablando de mí.

Gavin dio un paso adelante, clavando en ella su mirada.

–Yo creo que sí. Te da miedo dejar atrás el pasado.

Sabrina negó con la cabeza, experimentando una emoción que intentaba contener.

–Te equivocas.

–No, esta vez no. Sal de tu escondite –dijo Gavin, tomándola por los hombros.

Y antes de que ella pudiera convencer a sus pies para que la sacaran de allí, se inclinó para besarla.

Sus labios eran firmes, seguros, persuasivos y Sabrina se estremeció a su pesar. Su cuerpo y su cerebro estaban en guerra. Uno le exigía que lo apartase, el otro permanecía obstinadamente en su sitio. Y por si esa batalla interna no fuera suficiente, el apasionado abrazo de Gavin evocaba tantos recuerdos...

Había olvidado lo que era estar entre los brazos de un hombre, el calor de un cuerpo masculino duro y musculoso. Y había olvidado lo femenina que eso la hacía sentir. Pero, sobre todo, había olvidado lo que era desear más.

Más besos como aquél. Unas manos firmes pero suaves sobre su cuerpo. Quería más de aquella sensación que la hacía sentir mareada y que la obligaba a agarrarse a él por miedo a caerse.

Aquello no podía pasar. Y menos con Gavin Jarrod.

Aparentemente, no tenía que confiar en un hombre para desearlo. Gavin era muy atractivo y ella no había tenido relaciones sexuales en mucho tiempo, de modo que su reacción seguramente era debida a las hormonas. Pero Gavin y su abuelo se equivocaban. Ella no tenía miedo.

Lo deseaba y era capaz de admitirlo mientras se besaban. ¿Y qué había de malo en eso? ¿Qué había de malo en querer experimentar la pasión una vez más? No tenía que significar nada. De hecho, ella no dejaría que significase nada. Ya había tenido un hombre que la había amado ardientemente y, como su abuelo, ella nunca se conformaría con un segundo plato.

Gavin deslizó las manos por sus caderas y el corazón de Sabrina empezó a latir como si quisiera salirse de su pecho. Luego bajó la cremallera del parka poco a poco, el sonido rompiendo el silencio de la habitación, y empezó a acariciarla por encima del jersey. El deseo de apretarse contra sus manos la dejaba sin aliento. Había pasado tanto tiempo que apenas reconocía esa sensación.

Pero entonces Gavin metió las manos bajo el jersey y al notar el roce en su piel desnuda Sabrina dio un respingo, el aire fresco en contraste con el calor de sus manos encendiéndola. Echó la cabeza hacia atrás para respirar, para recuperar la cordura, pero se le doblaban las rodillas. El deseo la golpeaba como una tormenta en las montañas, con una pujanza que no recordaba haber experimentado nunca. Pero tenía que haber sido así con Russell.

¿Estaba cometiendo un error? ¿Jugando con fuego? ¿Haciendo algo que luego no sabría manejar?

El calor de su aliento, combinado con el roce de su lengua en ese punto tan sensible de su cuello, le dio la respuesta. Tenía que saborear esa pasión, tenía que hacer el amor con aquel hombre. Había echado tanto de menos esa sensación… Demasiado.

Dejaría que Gavin entrase en su vida sólo el tiempo suficiente para satisfacer ese deseo. Nada más, nada de promesas, nada de futuro, solo aquello, aquel día.

Respirando agitadamente, Gavin tomó su cara entre las manos y se apoderó de su boca.

El impacto de ese beso le robó el aliento, el equilibrio, la razón. La besaba como si no pudiera cansarse de ella y Sabrina experimentaba una sensación similar.

Gavin se apartó lo suficiente para quitarle el jersey. Por un momento, Sabrina se sintió incómoda y expuesta con el sujetador blanco, pero sus dudas desaparecieron cuando él se quitó a toda prisa la chaqueta y la camisa.

Su torso era ancho, masculino, de pectorales marcados, con una línea de vello oscuro que se perdía bajo la cinturilla del pantalón. Sin pensar, pasó los dedos por su esternón, satisfecha al notar que se le ponía la piel de gallina. Apoyó la cara en su torso y respiró profundamente, llenando sus pulmones de ese aroma tan masculino.

–Me gusta que me toques –murmuró Gavin, bajando las manos para acariciar sus pechos.

Sabrina deseaba... necesitaba que la tocase y el sujetador era un estorbo. Echó los brazos hacia atrás para quitárselo pero Gavin se adelantó, rozando sus pezones con los pulgares y enviando escalofríos de deseo por todo su cuerpo. Aquello era muy intenso, demasiado intenso.

Temblando, alargó las manos para acariciar la suave piel de sus hombros, los duros bíceps, los pectorales. Pasó las uñas por sus abdominales hasta la cinturilla del pantalón.

Notó que contenía el aliento mientras la dejaba sobre el sofá antes de tumbarse sobre ella, atrapándola.

Pero le gustaba. Le gustaba tanto...

Mientras acariciaba su espalda, él buscó sus pechos con los labios. Ardientes, húmedos. El placer la hizo gemir mientras los chupaba, rozándola con su barba.

Quería quitarse el resto de la ropa y dejar que llenase el vacío que sentía en el vientre.

Como si hubiera leído sus pensamientos, Gavin empezó a bajar la cremallera de sus vaqueros que, unos segundos después, acabaron en el suelo. Luego siguieron las braguitas, los calcetines y las botas.

Estaba desnuda delante de él y Gavin la devoraba con los ojos. Atribuía la profundidad de su deseo al tiempo que había pasado desde la última vez que sintió algo así. Sí, debía de ser eso. ¿Por qué si no le parecía tan bien, tan necesario incluso?

Sabrina alargó una mano para desabrochar su pantalón pero él la sujetó, sacudiendo la cabeza.

—No, esta vez no. No podría soportarlo.

Era un consuelo saber que no era la única que había perdido la cabeza.

Gavin apartó su mano y se desnudó a toda prisa. Su cuerpo era largo, fibroso, de músculos alargados. Sabrina no podía dejar de mirarlo, memorizando sus rasgos… pero lo quería en ella, dentro de ella. Levantó una mano para llamarlo y Gavin volvió al sofá, presionándola con el peso de su cuerpo.

Mientras la consumía con su boca, ella acariciaba su espalda, su trasero, sus fuertes muslos. Y él acariciaba sus pechos, chupando, lamiendo hasta que Sabrina empezó a agitarse debajo de él, impaciente.

Sin decir nada, Gavin se apartó para besarla desde el pecho al estómago y sus músculos se tensaron de anticipación. Y, de repente, estaba allí abajo, su aliento un preludio al ardiente roce de su lengua.

El placer la hizo temblar, gemir, arquearse hacia su boca. La tensión era tan insoportable que se rompió como un dique, sintiendo el orgasmo como un embriagador alivio.

Pero había esperado mucho tiempo y necesitaba más. Clavando los dedos en sus brazos, tiró de él hacia arriba pero Gavin se resistía, provocándole otro orgasmo con su lengua antes de colocarse sobre ella.

Y entonces se detuvo.

Desconcertada y sin aire, Sabrina cerró los ojos.

–Por favor… ahora…

–Abre los ojos –lo oyó decir.

Ella obedeció, a regañadientes, y cuando sus miradas se encontraron Gavin empezó a penetrarla, poco a poco, centímetro a centímetro ensanchándola.

–Estás tan húmeda…

Hablar mientras hacía el amor era una experiencia nueva para ella y, sorprendentemente, aumentaba su ardor. Le gustaba tanto tenerlo dentro…

Sabrina levantaba las caderas, sintiendo la tensión que empezaba a nacer en su vientre y esperando la explosión. Y cuando llegó, la estremeció de arriba abajo.

–Eso es, cariño, apriétame fuerte…

Sabrina le mordió el hombro para contener un grito y luego, antes de que sus espasmos terminasen, Gavin dejó escapar un gemido ronco mientras se dejaba ir, jadeando, apoyando el peso de su cuerpo en los brazos mientras Sabrina intentaba llevar aire a sus pulmones.

La realidad volvía poco a poco, anulando la fantasía.

¿Cómo habían podido hacer aquello de manera tan natural cuando Russell y ella habían tenido que esforzarse para encontrar satisfacción? Ese traidor pensamiento la hizo sentir culpable.

«Russell y tú erais dos críos inexpertos la primera vez. Gavin y tú sois adultos con experiencia».

Mientras mentalmente se apartaba de él, empezó a darse cuenta de la manta que había bajo su espalda, de aquel hombre que aún seguía enterrado en ella y la humedad…

¿La humedad?

No habían usado preservativo. El miedo reemplazó a la sensación de irrealidad. ¿Qué había hecho? Había cometido un error de proporciones gigantescas. Se había arriesgado a un embarazo no deseado, algo que había jurado no volver a hacer jamás.

La satisfacción y la sensación de estar saciado se mezclaban en la sangre de Gavin como un cóctel. Su corazón palpitaba con fuerza y, sin embargo, sus miembros parecían pesar una tonelada mientras intentaba decidir cuál sería el siguiente paso en su plan de convencer a Sabrina Taylor para que se casara con él. Pero, por alguna razón, le resultaba difícil pensar en nada que no fuera la mujer suave y caliente que estaba debajo de él y el aroma a sexo que flotaba en el aire.

Considerando que estaba utilizándola como un medio para llegar a un fin, debería sentirse avergonzado por haber disfrutado de esa forma. Pero no se sentía avergonzado porque Sabrina había disfrutado tanto como él.

–Esto no debería haber ocurrido –dijo ella entonces, sacándolo de su Shangri-la particular.

No era lo que un hombre quería escuchar después de tan satisfactoria experiencia. Y menos cuando aún estaba enterrado en una mujer.

–La química que hay entre nosotros lo hace inevitable, Sabrina.

Ella se movió, como queriendo apartarse, pero la fricción de sus cuerpos hizo que su erección se animase.

–No, no es verdad. Yo no… hago esto con hombres a los que apenas conozco.

–Me alegra saberlo.

–Gavin, no hemos usado preservativo.

Eso lo pilló por sorpresa. Ni siquiera había pensado… Pero él siempre usaba preservativo.

–Mi empresa requiere que me haga exámenes médicos regularmente y sé que estoy limpio. ¿Y tú?

Colorada hasta la raíz del pelo, Sabrina apoyó las manos en su pecho para echarse hacia atrás.

–Por supuesto.

–Muy bien –dijo Gavin.

Sin el calor de su cuerpo, el frío de la habitación y el de la mujer que estaba a su lado penetraron en su conciencia.

Sabrina se levantó de un salto para recoger frenéticamente su ropa del suelo.

–No me estas escuchando. Yo no tomo la píldora.

Gavin procesó tan mala noticia. Su unión debía ser temporal y un hijo era un compromiso para toda la vida. No, no era para alguien como él que iba de un lado a otro y que no se había planteado la idea de ser padre por el momento.

–Las posibilidades de que hayas quedado embarazada después de un solo encuentro son muy pocas. La próxima vez tomaremos precauciones.

–No habrá una próxima vez y cualquier posibilidad es demasiado para mí –Sabrina se puso el sujetador, ocultando esos pechos de los que Gavin aún no se había cansado, y después la camisa. Sin tan deliciosas distracciones, tenía que concentrarse en sus ojos, llenos de pesar.

–Lidiaremos con la situación si se presenta.

Ella se inclinó para tomar sus pantalones del suelo y, con todo descaro, Gavin disfrutó de la panorámica de su redondo trasero. Sin poder evitarlo, alargó una mano para pasarla por su muslo...

Pero Sabrina se apartó de un salto, escondiendo tras los vaqueros el triángulo de rizos entre sus piernas.

–No me toques. Y no lidiaremos con nada en plural, nosotros no somos una pareja. Tú te marcharás de Aspen dentro de unos meses, yo no.

¿Por qué sus palabras lo golpearon como un puñetazo? Eran ciertas. Pero admitir la verdad podría costarle muy caro.

Sabrina se puso los vaqueros, sin bragas, y lo miró a los ojos.

–Y si hay que tomar alguna decisión, será mi decisión, no la tuya. No quiero nada de ti.

Pero sería en parte su decisión si estaban casados, pensó Gavin.

–No esperes que me rinda sin luchar, Sabrina. Hay algo entre nosotros y tú lo sabes.

Ella lo miró, asustada.

–No hay nada entre nosotros, sólo es sexo.

–Un sexo fabuloso.

Ella inclinó la cabeza para respirar profundamente y luego volvió a mirarlo con gesto decidido.

–Mira, Gavin, esto ha sido un error que no vamos a repetir.

Sí iban a repetirlo. Y a menudo si él se salía con la suya. Pero no iba a decirle eso en medio de una discusión, por mucho que le gustara cómo sus pezones se marcaban bajo el sujetador. La quería desnuda y sobre sábanas de algodón egipcio...

Gavin se levantó de un salto, disfrutando al ver su gesto de sorpresa.

–No repetirlo sería un error.

Sus pupilas se dilataron. Podía ver el deseo en sus ojos y esperó que admitiera que era verdad, pero en lugar de eso Sabrina dio un paso atrás, negando con la cabeza.

–Fingir que esto no ha pasado sería lo más sensato. Y eso es lo que yo pienso hacer, lo que los dos deberíamos hacer.

Pero Gavin, que no estaba dispuesto a hacerlo, tomó su cara entre las manos.

–No podrás olvidar lo que hay entre nosotros, Sabrina. Te lo garantizo.

Ella se apartó, mirándolo con expresión decidida.

–¿Que no? Ya lo veremos.

Capítulo Siete

Tal vez su convicción de que podría olvidar a Gavin había sido exagerada, tuvo que admitir Sabrina el viernes por la tarde.

En las ocho horas que habían pasado desde que hicieron el amor en el establo... desde que se acostaron juntos, se corrigió a sí misma, no había podido quitárselo de la cabeza. Pensaba en él a todas horas, en los momentos más inoportunos. No la ayudaba nada que estuviera a su lado casi continuamente, pero incluso cuando no estaba a su lado podía escuchar su voz de barítono mientras hablaba con su abuelo.

Peor, podía olerlo en su piel porque no había tenido tiempo de ducharse. No podría hacerlo sin que su abuelo le preguntara por qué se duchaba dos veces en el mismo día. Y la costura de los vaqueros rozaba su parte más sensible, un sitio que debería estar cubierto por las braguitas que no había encontrado en el suelo del cuarto de los aperos y no había tenido tiempo de buscar.

¿Cómo podía haberse acostado con alguien a quien apenas conocía?, se preguntó, avergonzada. Russell había sido su único amante y había tardado tres meses en dejar que le quitase la ropa. Afortunadamente, como sabía que los chicos a los que había conocido antes que a Russell sólo querían una

101

copias de los exámenes que iban a ponerles sus padres, su relación con ellos no había pasado de algún beso.

Escuchó pasos entonces; los menudos pasos de su abuelo seguidos de los más decididos de Gavin y se irguió todo lo que pudo. Le gustaría salir corriendo, pero no le daría a Gavin Jarrod la satisfacción de saber que se sentía incómoda.

—Me marcho, hija —dijo su abuelo.

—¿Adónde vas? —le preguntó ella, alarmada—. ¿Y la cena?

—Voy a jugar al póquer con mis amigos.

—Pero ésta no es la noche del póquer y estaba a punto de hacer unos filetes —insistió Sabrina. No podían importarle menos los filetes, pero no quería estar a solas con Gavin.

—Guarda el mío para mañana. Horace va a hacer su famoso estofado de ciervo.

—¿Por qué no llevas a Gavin?

—No pienso llevar a un tiburón. Gavin nos desplumaría y los chicos no me lo perdonarían nunca. Buenas noches, no me esperes despierta —su abuelo tomó el abrigo del perchero y salió por la puerta trasera, dejando a Sabrina boquiabierta.

¿Y ahora qué?

«Líbrate de Gavin, eso es lo que tienes que hacer».

Cuando se dio la vuelta, Gavin estaba apoyado en el quicio de la puerta, mirándola. El brillo de deseo que había en sus ojos hizo que tragara saliva.

—¿Sabes jugar al póquer? —le preguntó.

Él se encogió de hombros.

—Cuando el tiempo no colabora en alguna obra

pasamos el rato jugando a las cartas y no lo hago mal.

—Pues muy bien, te doy el resto del día libre. Puedes irte a casa… a practicar. Por si algún día juegas con mi abuelo.

—No puedo, tengo una cita.

Sabrina intentó disimular su sorpresa. Pues muy bien, se alegraba de que tuviera una cita. Que molestase a otra mujer y la dejase a ella en paz.

Pero lo que sentía era rabia. ¿Cómo se atrevía a acostarse con ella y luego, unas horas después, salir con otra mujer?

¿Pero qué había esperado? ¿No habían intentado esos chicos de la universidad privada hacer lo mismo con ella? Flirteaban con ella, la invitaban a cerveza y luego volvían con sus novias cuando no les daba lo que querían.

—Espero que lo pases bien —le dijo, con los dientes apretados.

Gavin dio un paso hacia delante, haciéndola dar un paso atrás hasta que chocó con la encimera.

—Lo pasaremos muy bien los dos. Venga, vamos.

Ella lo miró, sin entender.

—¿Adónde?

Gavin puso las manos a ambos lados de la encimera, acorralándola.

—Vamos a cenar a mi bungaló del Ridge.

—No, de eso nada —Sabrina se cruzó de brazos—. No pienso ir a tu casa.

—¿Prefieres que tu abuelo vuelva y nos encuentre en la cama?

Sabrina se dio cuenta de que había olvidado respirar e intentó llevar oxígeno a sus pulmones, pero no sirvió de nada.

—Eso no va a pasar.

Gavin miró su reloj.

—Langosta, espárragos con mantequilla y tarta alemana de chocolate. Llegarán en una hora.

Sus platos favoritos. Sabrina salivaba como un perro de Pavlov.

—Has estado hablando con mi abuelo.

—Tú eres su tema favorito y a mí me encanta saber cosas de ti.

Aquel hombre era pura testosterona y cuando hablaba en voz baja le temblaban las piernas. Pero ella no era tan ingenua.

—Cena conmigo, Sabrina —insistió—. Si me dices que no, te traeré de vuelta sin tocarte. Pero si no puedes... —Gavin pasó los nudillos por su cuello, haciéndola temblar— me pasaré el resto de la noche explorando cada centímetro de tu cuerpo. Primero con las manos, luego con la boca...

Ella tuvo que agarrarse a la encimera, sacudiendo la cabeza para intentar aclarar sus ideas.

—Prefiero una noche tranquila. Y sola.

Gavin esbozó una sonrisa diabólica.

—No es verdad y tú lo sabes. Lo de esta mañana sólo ha sido un aperitivo. Quiero más y me apuesto lo que sea a que a ti te pasa lo mismo. Me has estado mirando todo el día...

—Eso no es verdad.

—... como yo a ti —siguió él.

¿Podía su corazón latir con más fuerza? ¿Alguna vez en su vida se había sentido más tentada de soltarse el pelo y olvidarse de todo? No y no.

Entonces, de repente, el pánico que sentía desapareció y experimentó una extraña calma. Bueno, una especie de calma si no contaba el temblor de sus piernas y el sudor que cubría su frente.

¿Por qué no iba a aceptar su proposición? ¿Por qué no iba a tener una breve aventura con Gavin? Era el candidato perfecto para eso; un hombre rico, seguro de sí mismo y arrogante, cualidades que nunca encontraría atractivas. Y se marcharía de Aspen en unos meses, en cuanto hubiera cumplido con las condiciones del testamento de su padre.

Y ella no iba a enamorarse de un hombre que estaba contando los días para irse de allí.

Una aventura. Seis meses de sexo.

Pero su última aventura amorosa, con Russell, le había costado tanto, pensó entonces: su casa, su familia, sus amigos. Y luego perdió el hijo que esperaban cuando Russell estaba destinado fuera del país y tocó fondo porque no tenía a nadie a quien recurrir.

Pero eso fue años antes. Ya no era la ingenua cría de dieciocho años que había sido y su familia, aparte del abuelo, ya actuaba como si hubiera muerto.

¿Qué podía perder? Desde luego, no iba a perder su corazón por un hombre como Gavin Jarrod.

Daba igual que fuera guapísimo y extremadamente hábil dándole placer. No iba a enamorarse de él. Nunca, en su vida.

«Tú no sabes cómo tener una aventura».

Pero podría aprender. Aunque su abuelo no lo sabría. Henry Caldwell no lo aprobaría nunca.

–Voy a buscar mi abrigo.

El brillo de triunfo en sus ojos la molestó, pero decidió no pensar en ello. Porque no iba a dejar que su aventura con Gavin fuese un error.

Sabrina se secó el sudor de las manos en las perneras del vaquero, intentando disimular los nervios.

–«Bungaló Abeto negro» –leyó el elegante letrero de madera en la puerta del edificio–. ¿Todos los bungalós en Jarrod Ridge llevan nombres de árboles?

–Sí –respondió Gavin, sacando la llave del bolsillo.

Por fuera, la estructura era tan rústica como una cabaña de mineros, con sus ventanas de madera y su tejado de pico… a menos que uno prestara atención a los detalles. Por ejemplo, que los cristales de las ventanas brillaban como diamantes y que no había un solo copo de nieve en el camino, limpio por completo.

Gavin abrió la puerta.

–Entra.

«Le dijo la araña a la mosca», pensó Sabrina.

«Pero la única manera de conquistar los miedos es enfrentarse a ellos».

Le sorprendió recordar esa frase, que Russell había repetido muchas veces. Pero no quería pensar en Russell en ese momento, no quería recordar su sonrisa de dientes un poco torcidos que siempre le había parecido tan encantadora, su valentía o ninguna otra cosa cuando unas horas antes había hecho el amor con otro hombre y estaba a punto de embarcarse en una sórdida aventura con él.

El deseo de dar la vuelta y salir corriendo era casi insoportable pero, reuniendo valor, entró en el bungaló con una mezcla de excitación y vergüenza.

Gavin pulsó el interruptor de la luz y una lámpara hecha con cuernos de antílope iluminó un espacioso salón.

–Dame tu abrigo.

Antes de que pudiera protestar, Gavin estaba tras ella esperando que se lo diera. Después de quitárselo se abrazó a sí misma, no porque tuviera frío sino porque estaba fuera de su elemento. ¿Cómo se empezaba una tempestuosa aventura con un hombre?

Después de colgar los abrigos en un ropero, Gavin se inclinó para encender la chimenea, dándole una oportunidad de mirar alrededor. La cabaña, con brillantes suelos de madera, parecía más el hogar de alguien que un alojamiento temporal. Un lado de la habitación rectangular estaba ocupado por la cocina y el comedor y, el otro, frente a la chimenea, por un par de sofás de piel negra. Una de las paredes era de cristal, ofreciendo una hermosa panorámica de las montañas, y en la otra había cuadros en blanco y negro.

Cuando se acercó a uno de ellos, Sabrina vio la firma de un artista que había admirado en una de las muchas galerías de Aspen.

Era un original. Traducción: muy caro.

Dos jarrones de mármol negro sobre la repisa de la chimenea flanqueaban un espejo con un marco de aspecto caro. Todo tenía un aspecto caro. Sabrina tomó un oso de madera y en el dorso vio las iniciales del artista. Allí todo era exclusivo, único. ¿Qué hotel podía arriesgarse a que un cliente se guardara alguno de esos objetos en la maleta?

Al oír el crepitar de la chimenea se volvió, pero el brillo de sus ojos la asustaba.

–¿Qué hay en el piso de arriba?

–Una oficina.

–¿Trabajas aquí?

–Hago bocetos preliminares para futuros proyectos. No es suficiente para mantenerme ocupado, pero evita que me vuelva loco.

Otra sorpresa. Había esperado que estuviera disfrutando de aquel año sabático. Sí, decía necesitar el trabajo en el hostal porque estaba aburrido pero ella no lo había creído.

Gavin se acercó al bar y, después de sacar una botella de vino blanco de la nevera, sirvió dos copas y le ofreció una.

–Por nuestro mutuo placer.

Sabrina estuvo a punto de atragantarse. Que verbalizara el propósito de esa visita fue como una descarga de adrenalina. Le había dicho que iban a cenar, pero ella sabía que no era verdad. Estaba segura de que Gavin quería tenerla desnuda cuanto antes.

Intentó concentrarse en algo que no fuera hacer el… tener relaciones sexuales sobre la alfombra, frente a la chimenea, pero no podía quitarse esa idea de la cabeza.

Lo de aquella noche iba a ser sexo, nada más y nada menos. Sólo placer físico con un hombre que no le gustaba particularmente, pero que sabía cómo hacerla vibrar.

Sabrina tomó un sorbo de vino, intentando reunir valor para lanzarse sobre él y terminar con aquello de una vez. Pero no, era imposible.

–Durante el paseo en el coche de caballos me contaste que toda tu familia se aloja en el hotel. ¿Eso no supone un problema económico?

–Nuestro presupuesto puede soportarlo, pero cuando lleguen los turistas nos mudaremos al edificio principal –respondió Gavin–. Por el momento, disfruto de esta cabañita.

–¿Cabañita? –repitió ella, mirando alrededor. Tres pabellones militares cabrían en aquella habitación, sin contar los dormitorios que debían de estar al otro lado de la puerta. Uno de los cuales seguramente vería esa noche–. ¿Llamas a esto «cabañita»?

–Comparado con vivir en el hotel, donde hay un mayordomo en cada habitación, la camarera pasa tres veces al día y puedes tener hasta tu chef personal, sí. Allí se anticipan a todos tus deseos. Incluso me planchan los calzoncillos.

«No pienses en sus calzoncillos».

–Yo no me imagino viviendo así.

–A nuestros clientes les gusta. Jarrod Ridge es famoso por ofrecer el mejor servicio.

–Imagino que, cuando te marchaste de aquí, echarías de menos todo esto.

–No, en absoluto. Es imposible saber quién eres y qué quieres de la vida cuando alguien te obliga a seguir sus pasos, diciendo qué espera de ti y tomando todas las decisiones.

De nuevo, notó ese tono de amargura en su voz. No le gustaba recibir órdenes, estaba claro.

–Tu padre –murmuró Sabrina.

Gavin asintió con la cabeza.

–Mi padre, sí.

–Mis padres hacían lo mismo –dijo ella–. Me presionaban para que siguiera sus pasos y estudiase sin parar. No entendían que la universidad no era para mí.

–¿Por qué no?

Sabrina tomó un sorbo de vino, intentando entender por qué le había contado algo que no le había contado a nadie. Debía de ser el alcohol que le soltaba la lengua.

–No me gustaban las clases. Había que estudiar y hablar todo el tiempo en lugar de hacer cosas.

–Te gusta estar activa, no hay nada malo en eso.

Algo en ella se ablandó. Gavin parecía entenderla. ¿Cómo podía ser si apenas la conocía?

Aunque sus abuelos siempre la habían apoyado, ellos pensaron que estaba dejando la universidad para más adelante. Y, al final, había tomado unas clases de contabilidad para mantenerse ocupada mientras Russell estaba destinado fuera, pero odiaba los confines del aula. Aunque ahora agradecía esas clases porque la habían ayudado a llevar las cuentas del hostal.

Gavin se acercó un poco más, lo suficiente como para que pudiese tocarlo, pero Sabrina no dio un paso adelante. Todavía no estaba preparada para dar ese paso, el que haría que los dos acabaran desnudos y abrazados. Aunque sintió un cosquilleo en el vientre.

–Vamos a darnos un baño en el jacuzzi antes de cenar –dijo Gavin entonces, con esa voz tan ronca como el motor de un jet.

–¿El jacuzzi? Pero no he traído bañador…

–No te hace falta. El jacuzzi es privado.

–¿Y los empleados del hotel?

–He pedido que dejasen la cena en la cocina. No vendrá nadie esta noche.

–Pero yo… –empezó a decir Sabrina. Pensar en soltarse el pelo y hacerlo de verdad eran dos cosas muy diferentes–. El porche está cubierto de nieve. Me sorprende que no lo hayan limpiado como han limpiado el camino.

–Les he pedido que la dejaran –dijo Gavin–. No hay nada como meterse en el jacuzzi rodeado de nieve, mirando las estrellas en el cielo.

Aquel hombre sabía usar las palabras.

–Aún no han salido las estrellas.

–Cierto.

–Y va a seguir nevando. No sé si podremos verlas.

–Eres muy práctica, ¿verdad?

Tenía que serlo. Su fantasía romántica con Russell se había dado de bruces con el mundo real. Mientras él estaba haciendo su trabajo, ella estaba en casa, sola, intentando aprender a vivir con un presupuesto pequeño y agarrándose a lo que quedaba de su vida después de perder el niño. Afortunadamente, había tenido la guía y el apoyo de otras esposas de militares que sabían por lo que estaba pasando.

–Lo siento, no quería ser una aguafiestas.

Gavin dejó su copa sobre la mesa.

–No tienes nada que temer por mi parte.

Como que iba a creer eso. La humedad entre sus piernas demostraba que había mucho que temer. ¿Dónde estaban sus escrúpulos, sus valores? Porque sentía la tentación de dejarse llevar, de sentir las manos de Gavin sobre su piel, sobre sus pechos, entre sus piernas. Apenas había podido pensar en otra cosa en todo el día.

Nerviosa, le dio la espalda mientras tomaba otro sorbo de vino.

«Vamos, puedes hacerlo».

–Muy bien, vamos a meternos en el jacuzzi.

Había empezado a temblar antes de terminar la frase y cuando Gavin se acercó, sintió el calor de su cuerpo antes de que la tocara.

–¿Por qué no damos un paseo antes de cenar y dejamos el jacuzzi para más tarde? –sugirió él, quitándole la copa de las manos.

–¿Por qué? –le preguntó Sabrina, suspicaz.

–Nunca has visto el Jarrod Ridge, ¿no? Quemaremos energía y nos relajaremos después.

Parecía como si estuviera siendo considerado y Sabrina no había esperado eso de él, pero aprovecharía el respiro. Tal vez cuando volvieran habría encontrado valor para lanzarse de cabeza.

–Sí, la verdad es que me gustaría ver el hotel.

Gavin le puso una bufanda blanca al cuello y Sabrina notó su olor en el suave cachemir.

Un minuto después estaban fuera de nuevo, con los alientos mezclándose con el aire frío de la noche. Había empezado a nevar mientras estaban en el bungaló y gruesos copos de nieve caían sobre sus cabezas. Muy pronto todo se cubriría de un manto blanco a pesar del diligente esfuerzo de los empleados del hotel.

No había llevado guantes, una mala costumbre.

Pero antes de que pudiera meter las manos en los bolsillos, Gavin entrelazó sus dedos con los suyos.

–Sólo quiero darte la mano –le dijo cuando Sabrina intentó apartarla.

Ir de la mano, algo tan básico e inocente. Algo que no solía hacer con su marido. Pero en aquel momento, un hombre que era prácticamente un extraño apretaba su mano y el simple contacto la sacudía por completo. El calor de la mano de Gavin subía por su brazo, recorriendo su torso y llegando a una zona que había estado dormida durante muchos años.

–¿Por qué yo? –le preguntó mientras recorrían el jardín cubierto de nieve–. Podrías haber elegido a otra mujer.

–¿Por qué no tú? Eres preciosa, inteligente y el roce de tu piel me enciende.

Su respuesta la dejó sorprendida. Tanto que tropezó y él tuvo que sujetarla.

–¿Te apetece un rato de diversión?

–Tal vez. ¿Qué tienes en mente? –dijo recelosa.

–Ven conmigo –Gavin tiró de su mano para llevarla entre los árboles, hacia algo que parecía un cobertizo. Se inclinó para abrir una puertecita en la parte de abajo y sacó un trineo de madera–. Sigue aquí –dijo, satisfecho, golpeándolo con los nudillos–. No sabía si estaría después de tantos años. Y la madera sigue siendo firme.

–¿Vamos a montar en trineo?

–¿Por qué no?

No se parecía nada a tumbarla de espaldas y hacer lo que quisiera con ella pero, como él había dicho, ¿por qué no?

–Nunca he montado en trineo.

–Pero en Pensilvania nieva a menudo.

–Mis padres no montan en trineo. Y no solía nevar en Carolina del Norte, donde estaba destinado Russell.

–¿Russell? ¿Tu marido?

Pronunciar su nombre delante de Gavin era extraño, pero se le había escapado. Y no le importaba.

–Sí.

–¿Y tampoco montaste en trineo aquí, con tus abuelos?

–Yo sólo venía en verano, salvo algún viaje rápido con mis padres en Navidad. Mi padre no se llevaba bien con mi abuelo y siempre estaba deseando que nos fuéramos cuanto antes.

–Entonces, es hora de compensar lo que te has perdido –dijo él, sujetando el trineo con una mano mientras le pasaba la otra por los hombros para llevarla hacia una de las pistas–. Ten cuidado por aquí, el suelo está resbaladizo.

–¿Adónde vamos?

–A lanzarnos en trineo por la pista.

–¿En serio?

Una vez arriba, Gavin se volvió hacia ella.

–Súbete y pon los pies en la parte delantera.

Nerviosa, Sabrina lo hizo.

–¿Cómo se conduce esto?

–Cambiando el peso del cuerpo o poniendo la mano. Pero deja que yo me preocupe por eso.

Gavin se colocó tras ella, sus fuertes piernas flanqueándola, su torso calentando su espalda y sus brazos rodeándola mientras sujetaba las riendas.

–¿Lista?

–No lo sé, supongo –murmuró ella.

Gavin apartó la bufanda para rozar su oreja con los labios.

–Vas a tener que confiar en mí, Sabrina. No voy a dejar que te pase nada, lo prometo.

Eso era pedir demasiado, pero era demasiado tarde para echarse atrás.

–Vamos entonces.

Capítulo Ocho

Sabrina nunca le había parecido más atractiva que en ese momento, tumbada de espaldas sobre la nieve, con la nariz roja, los ojos brillantes y una sonrisa de oreja a oreja.

Durante unos segundos, Gavin consideró la idea de hacer el amor allí mismo, sobre la nieve. Pero aunque la gratificación instantánea podría ser excitante, no sería cómodo para ninguno de los dos. Primero, porque hacía demasiado frío y, segundo, porque los de seguridad los verían inmediatamente.

De modo que le ofreció su mano y tiró de ella para levantarla. Tenía las manos frías como el hielo y su pelo estaba cubierto de nieve, pero lo estaba pasando bien.

—Tienes las manos heladas y el pelo mojado. Deberíamos volver a casa a calentarnos frente a la chimenea.

—¿Tenemos que hacerlo?

—No hay necesidad de arriesgarse a morir por hipotermia.

—Pero es tan divertido… —Sabrina soltó una carcajada—. Gracias, Gavin.

—¿Por qué?

—Por enseñarme a montar en trineo.

Su sinceridad hizo que sintiera una opresión en

el pecho. Aunque él odiaba su infancia, la de ella debía de haber sido aún peor. Al menos, sus hermanos y él habían tenido una vía de escape con la nieve.

–De nada. Me alegro de haber podido compartir esto contigo.

Y lo decía de corazón. Su entusiasmo durante las últimas horas había sido contagioso. Desde sus gritos mientras se lanzaban pista abajo en el trineo a la batalla de bolas de nieve, lo había pasado mejor viéndola divertirse que en mucho tiempo. Sí, después de conocer a Sabrina casi merecía la pena pasar todo aquel año en el exilio.

Y entonces, porque no pudo resistir la tentación, se inclinó para besarla. Ella se puso de puntillas, apoyando las manos en su torso. Sus labios estaban fríos pero el beso era ardiente, lo suficiente como para que su entrepierna empezase a palpitar.

Sus lenguas se batían en duelo, sus alientos se mezclaban. ¿Cómo podía desear tanto a una mujer cuando había hecho el amor con ella unas horas antes? Tanto que estaba a punto de arriesgarse a un encuentro con los de seguridad. Pero sus hermanos se carcajearían. No, sería mejor esperar hasta que llegasen al bungaló para hacerle el amor despacio y…

No, la segunda vez iría despacio. La primera tendría que ser rápida. Y ardiente.

Gavin tuvo que apartarse para llevar aire a sus pulmones antes de tomar el trineo con una mano y tirar de ella con la otra.

–¿Tienes prisa?

–Mucha. Quiero tenerte desnuda cuanto antes.

Sabrina tropezó y, riendo, Gavin la sujetó por la cintura.

–Venga, vamos.

Evitó los caminos donde podría cruzarse con sus hermanos porque no quería retrasos y Sabrina corría a su lado, riendo. Su plan de que se relajase dando un paseo había funcionado mucho mejor de lo que esperaba y era ella quien parecía estar deseando llegar al bungaló.

Gavin dio las gracias en silencio cuando por fin llegaron. Al abrir la puerta fueron recibidos por una habitación calentita y por el aroma de la cena que llegaba de la cocina. Su estómago empezó a protestar, pero tenía un apetito más urgente que satisfacer antes de cenar. Quería saborear a Sabrina, su boca, sus pechos, la dulzura escondida entre sus oscuros rizos.

–Qué bien se está aquí –dijo ella mientras se bajaba la cremallera del parka.

Gavin la llevó frente a la chimenea.

–Dejaremos la ropa aquí para que se seque.

Había un brillo de vacilación en sus ojos, pero no estaba dispuesto a perder más tiempo. Él mismo le quitó la bufanda y el parka, que dejó sobre el sofá antes de quitarse su abrigo. La camisa estaba seca pero sus vaqueros, como los de Sabrina, estaban empapados.

–Siéntate –le dijo.

Levantando una ceja, Sabrina se sentó frente a la chimenea y Gavin le quitó las botas y los calcetines antes de masajearle los pies.

–Estás helada.

–No importa, ha sido perfecto. No habría querido perderme un solo minuto... Ah, qué bien. Eso me gusta.

Y le gustaría mucho más antes de que terminase la noche, se prometió Gavin a sí mismo.

–Levántate.

–Oye, deja de darme órdenes.

–Es deformación profesional –se disculpó él mientras bajaba la cremallera de sus vaqueros y le quitaba la empapada prenda... para descubrir que no llevaba bragas. Recordar lo que había pasado en el cuarto de los aperos fue como un golpe. No las llevaba porque él las había visto en el suelo y se las había guardado en el bolsillo de la chaqueta–. Creo que te falta algo –le dijo, sacándolas del bolsillo.

–¿Las has llevado en el bolsillo todo el día?

Su tono escandalizado lo hizo reír.

–Sí –respondió Gavin. Y saberlo lo había vuelto loco–. Siéntate.

–¿Siempre eres tan mandón?

–Sólo cuando deseo algo de verdad. Y te deseo tanto que me duele todo por las ganas que tengo de enterrarme en ti.

Sabrina parpadeó.

–¿Siempre eres tan... franco?

–Sí. ¿Te molesta?

–No... creo que no. Al contrario, me gusta –le confesó ella mientras Gavin masajeaba sus muslos helados.

Pero a medida que su piel se calentaba frente a la chimenea, descubrió que tocar sus piernas no era suficiente. El bajo de la camisa jugaba al escondite con el triángulo oscuro de rizos entre sus piernas, hipnotizándolo, llamándolo. Gavin le quitó la camisa y luego el sujetador…

Estuvo a punto de poner la cara entre sus piernas directamente para llevarla al orgasmo, pero quería más.

–Quiero saborear tu piel, tus pechos. Pero específicamente quiero saborear ese sitio –Gavin pasó un dedo entre sus piernas, haciéndola temblar–. Hueles tan bien…

Se levantó, con piernas inusualmente temblorosas, su erección empujando contra la cremallera de los vaqueros casi dolorosamente.

Sabrina arqueó la espalda, empujando sus erectos pezones hacia él. Que estuviera intentando secarse el pelo y no se diera cuenta de lo erótica que era en ese momento la hacía más irresistible que nunca. Gavin se quitó la ropa y las botas a toda prisa y la apretó contra su pecho.

–Estás helado –protestó Sabrina.

–No, cariño, estoy ardiendo por ti. Y quiero que sepas lo que me haces –murmuró él, apretando la erección contra su vientre.

Perdió el control del beso incluso antes de que sus labios se encontrasen. Quería absorberla… no, meterse bajo su piel. En lugar de eso, devoró su boca con hambrientos mordiscos que ella le devolvía.

¿Cómo podía hacerle eso? Normalmente, él tenía más control.

Pero el fuego de su vientre era como acero derretido y no se cansaba de ella. Acarició sus pechos, apretando los pezones entre el índice y el pulgar hasta hacerla jadear. Metió una pierna entre las suyas y, sujetando sus caderas, la animó a frotarse contra él. Y Sabrina lo hizo, despacio al principio hasta que encontró su ritmo.

–Estás tan mojada... –murmuró, notando su humedad en el muslo–. ¿Estás preparada para mí?

–Sí –susurró Sabrina.

Gavin no podía esperar más y deslizó una mano por su cuerpo hasta encontrar la húmeda cueva y su aroma hizo que su corazón latiera desbocado.

La acarició haciendo círculos sobre los pliegues hasta que ella se echó hacia atrás, facilitándole el acceso a sus pechos. Enardecido, pasó la lengua por una de las erguidas cumbres, rozándola con los dientes y metiéndola luego en su boca para chuparla, lamerla.

–¿Quieres que te toque?

–Sí, sí... –murmuró ella.

Gavin dobló las rodillas, decidido a tomarla frente a la chimenea.

–Espera. ¿Tienes un preservativo?

Esa pregunta lo devolvió a la realidad.

–En el dormitorio.

El dormitorio parecía estar a kilómetros de distancia pero no podían arriesgarse, de modo que la tomó en brazos. A pesar de su estatura, no pesaba nada, pensó.

La camarera había dejado unas chocolatinas sobre la almohada y, mientras la dejaba sobre las sábanas, las apartó con una mano. Sólo quería saborearla a ella.

Pero entonces se le ocurrió algo...

Gavin rasgó el envoltorio de una chocolatina, viendo un brillo de curiosidad en sus ojos. Sonriendo, lamió un pezón para humedecerlo y luego puso el chocolate sobre la punta.

–Está frío –dijo Sabrina.

–No lo estará durante mucho tiempo –murmuró él, haciendo círculos sobre el pezón y dejando un rastro de chocolate derretido sobre la rosada aureola.

Sabrina cerró los ojos y se mordió el labio inferior, hinchado de sus besos. Era tan hermosa.

–Eso me gusta…

Gavin lamió el chocolate antes de volver a aplicarlo una, dos y tres veces sobre sus pezones hasta que no quedó nada. Y entonces le ofreció sus dedos.

–Chúpame.

Sin vacilar, Sabrina chupó el dedo cubierto de chocolate. Y verlo desaparecer dentro de su boca lo llevó peligrosamente cerca del precipicio.

–Me vuelves loco, cariño –Gavin temblaba de deseo mientras la besaba.

–El preservativo…

Dejando escapar un gemido, Gavin abrió un cajón de la mesilla. ¿Dónde tenía la cabeza? Él no cometía errores estúpidos como mantener relaciones sin usar protección. Dos veces, además.

Cuando por fin se puso el preservativo, ella alargó los brazos y Gavin le abrió las piernas, disfrutando al ver su húmedo sexo. Sabrina cerró los ojos y giró la cabeza, pero él levantó su barbilla con un dedo.

–Abre los ojos –le ordenó–. Mírame.

Sabrina obedeció y sus ojos se encontraron.

Apretando los dientes para contenerse, Gavin

se apoyó en un brazo; el pulso le latía en sus oídos y sentía un incendio en la base de su espina dorsal al ver un brillo de placer en las pupilas de Sabrina.

–Dime lo que quieres.

Sabrina apretó sus nalgas.

–Por favor, ahora, Gavin… date prisa, estoy a punto…

El dique se rompió entonces y empujó con fuerza, torturándose a sí mismo mientras intentaba controlarse. Sus contracciones internas se lo ponían difícil, pero no estaba preparado para que aquello terminase, aún no.

Sabrina se incorporó un poco para pasar la lengua por su oreja antes de morderla y ese mordisco hizo que perdiese el control por completo. Explotó al fin y las olas de placer lo hicieron caer sobre ella, intentando sujetarse con los brazos para no aplastarla.

Sentía cómo se cerraba sobre él con los espasmos del orgasmo y la sensación era casi insoportable. Pero, por fin, encontró fuerzas para apartarse de ella y tumbarse de lado.

Atónito por la intensidad de la experiencia, miró el techo de la habitación.

¿Por qué ella? ¿Por qué aquella mujer a la que Henry Caldwell le había obligado a cortejar tenía el poder de poner su mundo patas arriba como ninguna otra?

No tenía ni idea, pero estaba decidido a descubrirlo.

Porque si no lo descubría, perderla podría destruirlo como la muerte de su madre había destruido a su padre.

Tenía que irse de allí, pensó Sabrina cuando por fin su cerebro empezó a funcionar de nuevo.

Miró a Gavin a través del vaho del jacuzzi, intentando sentir vergüenza por lo que había pasado esa noche... pero no lo consiguió.

Con los brazos apoyados sobre el borde del jaccuzi, respirando rítmicamente, parecía totalmente relajado. ¿Estaría dormido? No se había movido desde que se metieron en el agua, después de una cena rápida seguida de un segundo asalto amoro... sexual.

Temblaba al recordar su diabólicamente experta lengua haciéndola llegar al orgasmo una y otra vez sobre la alfombra, frente a la chimenea.

Sabrina suspiró, rezando para que aquello no acabara en desastre. Gavin no podía importarle, por mucho que lo estuviera pasando bien con él. O por fabuloso que fuera el sexo, las tres veces. Le había hecho algo, la había embrujado, decidió. Y si no tenía cuidado olvidaría que aquélla era una relación temporal y exclusivamente sexual.

—Tengo que irme —dijo de repente.

Sin abrir los ojos, Gavin la sujetó por la muñeca. Era como si tuviera un GPS mental en lo que se refería a ella.

—Quédate conmigo esta noche.

El corazón de Sabrina golpeaba sus costillas como un caballo de carreras llegando a la meta.

—No puedo, mi abuelo me estará esperando.

—Henry lo entenderá.

Estaría mintiéndose a sí misma si no reconociera que era una tentación. La tentación de dejarse llevar por la demanda apasionada de sus ojos oscuros, de estar entre sus brazos, de abrazarlo y ser abrazada por él durante toda la noche.

Y por eso precisamente tenía que marcharse.

Sabrina soltó su mano y se levantó, pero la temperatura fuera del agua era como un iceberg.

–No hay nada que entender. Hemos tenido relaciones sexuales, sólo eso.

Gavin se levantó también, el agua chorreando por su torso, su estómago plano, sus genitales y sus muslos. Involuntariamente, Sabrina siguió la cascada con los ojos… pero él levantó su cara con un dedo.

–Es más que eso y tú lo sabes. Disfruto mucho de tu compañía, Sabrina. Lo he pasado mejor esta noche que en mucho tiempo.

La sorpresa que había en su tono de voz minó su resistencia. ¿Estaría tan sorprendido como ella por la atracción que había entre los dos?, se preguntó. Pero necesitaba espacio, necesitaba estar sola para pensar.

–Yo también lo he pasado muy bien esta noche, pero necesito irme a casa. Si tú no puedes llevarme, por favor llama a un taxi.

No podía llamar a su abuelo. Sabía que él iría a buscarla de inmediato pero aunque no tuviera problemas para conducir de noche, no le apetecía darle explicaciones sobre lo que había pasado. Aunque insistía en que debía hacer vida social, era un hombre anticuado y no aprobaría que mantuviera una relación sin futuro con Gavin Jarrod.

«Hablarle de esta aventura serviría para abrir una brecha entre Gavin y él».

Sabrina decidió que no quería que su abuelo se mostrase tan decepcionado con ella como sus padres cuando descubrieron que estaba embarazada de Russell. Esperaba no tener la mala suerte de que hubiera consecuencias esa vez, pero sentía cierta preocupación.

¿Y si se equivocaba sobre Gavin?, se preguntó entonces. ¿Y si era sincero y no quería más que la mina? Pero seguía dudando.

–Quiero irme a casa.

–Yo te llevaré –dijo él.

De repente, Sabrina se sentía incómoda desnuda y quería volver a meterse en el agua. Pero se obligó a sí misma a salir del jacuzzi, sabiendo que Gavin podía ver su trasero, que a ella nunca le había gustado del todo. Chorreando, se quedó en el porche, abrazándose a sí misma, helada por completo mientras pisaba la nieve. ¿Y ahora qué? No podía entrar en el bungaló chorreando. A la porra los suelos de madera, pensó entonces, no pensaba congelarse.

–Deberíamos haber traído toallas.

–No hace falta –Gavin salió del jacuzzi y abrió una puertecita oculta en la pared del porche de la que sacó una toalla enorme que le pasó por los hombros.

–Está caliente –exclamó Sabrina.

–El armario tiene calefacción –dijo él, inclinando la cabeza para besarla.

El beso podía ser considerado inocente comparado con los de antes y aun así se le doblaron las rodillas. ¿Cómo lo hacía?, se preguntó.

Haciendo acopio de fuerzas, Sabrina sujetó la toalla y dio un paso atrás.

«Tus hormonas están compensando el tiempo perdido. No es nada especial».

Gavin sacó una segunda toalla del armario y se envolvió en ella, secándose como si estuviera en su cuarto de baño y no en un porche con temperaturas bajo cero.

Sabrina se encontró admirando el movimiento de sus músculos bajo la tersa piel y la tentación de pasar la lengua sobre sus pequeños pezones marrones hizo que entrara en el bungaló a toda prisa.

Gavin la siguió, con la toalla anudada a la cintura, pero se limitó a echar otro leño al fuego.

Dándole la espalda, Sabrina se puso la ropa interior a toda prisa y luego buscó sus vaqueros. La tela se había secado frente al fuego y estaba tiesa y dura, nada agradable para la piel.

«Considéralo un castigo por acostarte con este hombre».

Cuando estuvo vestida dio una vueltecita por el salón para no mirar a Gavin, pero no pudo bloquear el sonido de la cremallera de sus vaqueros o el de sus botas sobre el suelo de madera.

No recordaba haber estado nunca tan pendiente de alguien, ni siquiera de Russell, y creía haber memorizado cada uno de los gestos de su marido. Estar tan obsesionada por un extraño la preocupaba.

Tenía que salir de allí, pensó, poniéndose el parka a toda prisa. Pero cuando se dio la vuelta encontró a Gavin tras ella.

–¿Piensas dejarme plantado? –bromeó él. Pero

la sonrisa no llegaba a sus ojos y eso era lo que Sabrina estaba mirando. ¿Por qué parecía tan solemne?

–Mi abuelo estará preguntándose dónde me he metido.

–Él sabe que estás conmigo y que yo no dejaría que te pasara nada malo.

–Es tarde –insistió ella–. ¿Nos vamos?

Poniendo una mano en su cintura, Gavin alargó la otra para sacar su abrigo del armario y Sabrina tuvo que tragar saliva, sus hormonas en acción a pesar de lo que había pasado esa noche. ¿Cómo podía seguir deseándolo?

–Vámonos –dijo él por fin.

Cuando salieron del bungaló, Sabrina se detuvo un momento para respirar el aire limpio y frío de la noche. Los árboles y el suelo estaban cubiertos de nieve.

–El parte meteorológico no había dicho que fuese a nevar tanto, ¿no?

–Y sigue nevando mucho. Sería más seguro esperar hasta mañana, cuando las carreteras estén limpias de nieve.

Sabrina lo miró, alarmada. No estaba preparada para pasar la noche con él, por mucho que lo deseara.

–No puedo. Tengo que volver a casa para comprobar que mi abuelo se toma su medicina.

–Muy bien, entonces te llevaré a casa –Gavin la ayudó a subir al jeep y puso la llave en su mano–. Arranca el motor, así se calentará enseguida.

Después de limpiar la nieve de los cristales se colocó frente al volante, pero el jeep patinó un poco mientras daba marcha atrás. Tal vez quedarse en el bungaló hubiera sido más seguro, pensó Sabrina. No, demasiado riesgo.

Gavin conducía despacio y el viaje hasta el hostal pareció durar una eternidad.

–Llegaremos de una pieza, no te preocupes. He conducido en peores condiciones.

Sabrina hizo una mueca al darse cuenta de que había apretado los puños con tal fuerza que estaba clavándose las uñas en las palmas.

–Lo siento, es que aún no sé conducir por estas carreteras cubiertas de nieve.

Cuando por fin vieron el hostal a lo lejos, dejó escapar un suspiro de alivio.

–¿Quién limpia la nieve de la entrada?

–Mi abuelo suele hacerlo con el tractor que tenemos en el garaje.

–Mañana vendré a primera hora.

–No tienes que hacerlo, Gavin.

–Mañana habrá un metro de nieve y Henry no debería arriesgarse a resbalar y romperse una cadera.

Sí, la verdad era que tenía razón. Y su consideración la emocionaba.

–Gracias.

–De nada –dijo Gavin, abriendo la portezuela del jeep.

–Deberías volver al bungaló antes de que el tiempo empeore.

–Voy a acompañarte a la puerta –insistió él.

Decidida a que la despedida fuera lo más breve posible, Sabrina bajó del jeep y se dirigió a los escalones de la entrada, pero Gavin la sujetó del brazo.

Iba a decirle que podía soltarla pero en ese momento se abrió la puerta.

–Debería haber sabido que mis viejos huesos no se equivocaban. Hay una tormenta de nieve.

–Nunca se equivocan, abuelo –Sabrina se volvió hacia Gavin, intentando decidir cómo decirle buenas noches a un amante cuando no quería que nadie supiera que lo eran–. Gracias por traerme y por enseñarme a montar en trineo.

–De nada –dijo él.

–Entrad en casa de una vez –los animó su abuelo–. No vas a volver a conducir por esa carretera cubierta de nieve. Es tarde y tenemos una casa llena de habitaciones, así que puedes quedarte a dormir aquí. Mañana las carreteras estarán limpias.

Sabrina lo miró, asustada.

–Pero abuelo…

–Además, mañana tendrá que ayudarme a arrancar el viejo tractor para limpiar la nieve de la entrada.

A Sabrina se le encogió el corazón. Pasar la noche bajo el mismo techo que Gavin Jarrod era lo último que deseaba.

Pero no iba a poder evitarlo.

Capítulo Nueve

Debería estar agotada y, sin embargo, Sabrina daba vueltas en la cama, mirando el techo y mordiéndose los labios. Aún podía sentir a Gavin, olerlo en su piel... tal vez una ducha la relajaría, pensó.

Pero no. Su cuarto de baño daba al de su abuelo y, si oía el grifo, se preguntaría qué hacía duchándose a esas horas.

De modo que tendría que intentar dormir oliendo a Gavin y haciéndose la misma pregunta una y otra vez: ¿había cometido un error al acostarse con él?

Un ruido la sobresaltó. Conteniendo el aliento, Sabrina aguzó el oído hasta que escuchó el ruido de una puerta.

¿Había entrado alguien en el hostal? El ruido llegaba del cuarto de la plancha, al final del pasillo. Pero nadie que hubiera ido a robar entraría en el cuarto de la plancha, pensó.

Un poco más tranquila, dejó escapar un suspiro. Sin duda, su abuelo estaría fumando uno de sus puros, abriendo la puerta trasera para esconder el olor. No sería la primera vez que lo pillaba desafiando las órdenes del médico en medio de la noche, cuando creía que estaba dormida.

Sabrina salió al pasillo, dispuesta a regañar a su abuelo como tantas otras veces, pero cuando abrió la puerta se quedó helada. Ver a Gavin de espaldas, con un viejo pantalón de chándal de su abuelo resbalando por las caderas, casi hizo que diera un paso atrás.

–¿Que haces aquí?

–Lavando mi ropa –respondió él, volviéndose para mirarla–. Hemos sudado mucho con el trineo.

Y en su bungaló, dos veces. Pero Sabrina apartó de sí ese recuerdo.

–¿Sabes usar la lavadora y la secadora?

–Claro. Sé lavar mi propia ropa.

Se lavaba su propia ropa, otra sorpresa. Eso lo hacía parecer más humano, menos rico y arrogante. Y tenía que admitir, aunque a regañadientes, que encontraba muy atractiva esa seguridad en sí mismo.

«Concéntrate en que está invadiendo tu territorio... otra vez», pensó.

–Normalmente, yo me encargo de la ropa de los clientes.

–Pero yo no soy un cliente. Además, Henry me dijo que me sintiera como en casa. ¿Quieres meter tu ropa?

–No –respondió ella.

¿Por qué algo tan común como compartir una lavadora le parecía tan personal, tan íntimo? La idea de que sus ropas se mezclasen en el agua como sus cuerpos lo habían hecho antes aceleraba su pulso tontamente.

Y luego estaba su abuelo siendo tan amistoso con Gavin... ¿desde cuándo confiaba tanto en los extraños? ¿Por qué ese repentino cambio? ¿Había algo que ella no sabía? Tenía que haber algo.

Gavin cerró la puerta de la lavadora y apoyó una cadera en la máquina.

–¿Te he despertado?

–No.

Conteniendo la tentación de mirarlo de arriba abajo, se concentró en su cara y por eso se dio cuenta de que era él quien estaba mirándola de arriba abajo: desde el pelo, que debía de estar despeinado de dar vueltas y vueltas en la cama, al pijama. Y, por un momento, lamentó haberse puesto su viejo pijama de franela.

«¿Qué te importa lo que piense de tu aspecto?».

«No te importa nada».

–Considerando la cantidad de ejercicio que hemos hecho, los dos deberíamos estar dormidos como troncos. Pero aquí estamos, despiertos a la una de la madrugada.

¿Cuando decía ejercicio se refería a sus orgasmos? No recordaba cuántos había tenido. Con Russell solía tener uno, a veces dos. Su vida sexual había sido satisfactoria, pero nunca tan… fabulosa.

Incómoda por tan traidor pensamiento, Sabrina carraspeó.

–Si estás cansado puedes irte a la cama. Yo meteré la ropa en la secadora para que tengas algo limpio que ponerte mañana.

–No te preocupes, lo haré yo. Aunque una taza de cacao caliente nos ayudaría a relajarnos –Gavin tomó su mano para llevarla a la cocina.

–¿Y si yo no quiero cacao? –protestó ella, intentando soltarse.

–Lo querrás en cuanto lo haya hecho. Como yo, es irresistible.

Su arrogancia, combinada con esa actitud juguetona, la hizo reír. Aquel hombre tenía un ego del tamaño de las montañas Rocosas.

–¿Tú crees?

Gavin se detuvo abruptamente y chocaron sin querer.

–Estoy seguro.

Sus pechos, sensibles todavía por las atenciones que les había prestado, recibieron con agrado la presión del torso masculino y su cuerpo pareció renacer entre sus brazos, deseando la magia que sólo él podía darle.

Pero antes de que pudiera protestar porque eso era lo que debía hacer, Gavin sujetó sus antebrazos, empujándola suavemente hacia atrás.

–Espera y verás. ¿Dónde guardas el cacao? ¿Tienes canela?

Mareada, Sabrina tuvo que parpadear varias veces para entender lo que estaba diciendo. Y luego señaló la despensa mientras se dejaba caer sobre una silla. No estaba acostumbrada a que alguien hiciera las cosas por ella y no sabía si le gustaba. Pero lo intentaría, al fin y al cabo Gavin estaba siendo muy amable. Además, la relación sería muy corta y no iba a acostumbrarse.

Gavin sacó una cacerola y empezó a mezclar la leche con el cacao y la canela. Mientras esperaba que se calentase se apoyó en la encimera, mirándola con esos ojos de predador. ¿Estaba intentando leer sus pensamientos o buscando un punto vulnerable para atacarla? Sabrina empezó a respirar con dificultad. No sabía cómo manejar la tensión sexual que había entre ellos.

–Ven aquí –la llamó.

–¿Por qué?

–Porque quieres hacerlo.

Era cierto y la asustaba. Debería negarse, pero se levantó de la silla y se acerco con piernas temblorosas porque… bueno, no sabía bien por qué. Pero lo hizo.

Gavin tomó su cara entre las manos.

–No lo había pasado tan bien en mucho tiempo. Nos llevamos bien, en la cama y fuera de ella.

Cuando hablaba en voz baja y la miraba como si quisiera comérsela le costaba trabajo recordar su propio nombre y mucho más por qué era un error estar con él.

–Sólo es sexo.

Gavin acarició su mejilla y el deseo de apoyarse en su mano la sorprendió.

–Puedes decirte eso a ti misma si así te sientes mejor.

–¿No estás de acuerdo?

–No –respondió él–. Pero espera, deja que te impresione –dijo luego, volviéndose para remover el contenido de la cacerola con un cucharón.

Desconcertada y un poco decepcionada, Sabrina se abrazó a sí misma. Debería volver a su habitación. Si se quedaba allí, no sabía lo que pasaría.

–¿Tienes nubes?

Sabrina sacó una bolsa de la despensa y, después de poner un par de ellas en las tazas, Gavin sirvió el líquido caliente; el aroma a chocolate y canela envolvió la cocina.

–Por nosotros y por los buenos tiempos que vamos a compartir –brindó, levantando su taza.

Eso significaba un futuro que no existía para ellos.

–Por los buenos tiempos –brindó Sabrina.

En realidad, debería odiarlo. Estaba metiéndose en su territorio, posiblemente amenazando el techo que tenía sobre su cabeza y la seguridad de su abuelo. Pero desconfiar de Gavin resultaba cada día más difícil. Incluso después de probar el cacao con canela. Primero el café y ahora aquello…

–Tu cacao es mejor que el de mi abuela –tuvo que reconocer, con desgana.

–Ya te dije que lo hacía muy bien –bromeó Gavin. Pero su tono y el brillo de sus ojos dejaban claro que no estaba hablando del cacao.

En lugar de lidiar con esa indirecta sexual que la ponía tan nerviosa, Sabrina tomó otro trago, saboreando la dulzura de las nubes y el espeso chocolate.

–No te imagino en la cocina, esforzándote por copiar una receta.

–Tienes razón, mi hermano es el chef de la familia. Pero si se trata de comer frente a una hoguera, yo soy el rey. Yo hacía el cacao cuando iba a la mina con mis hermanos.

Que le contara cosas de su pasado le gustaba más de lo que debería, ya que era completamente irrelevante.

–Quiero que me des la receta.

–Tendrás que ganártela.

–¿Cómo?

Gavin esbozó una sonrisa que le robó el aliento.

–Tómate el cacao y te lo demostraré.

Sabrina sintió que se le erizaba el vello de la nuca.

Gavin Jarrod era un jugador nato y un hombre que no estaba a su alcance. ¿Cómo iba a competir con él?, se preguntó. Pero si no tenía cuidado, caería bajo su hechizo.

«Pero ¿a quién quieres engañar? Ya lo has hecho».

Fue como si alguien la hubiera abofeteado. Estaba enamorándose de Gavin Jarrod a pesar de su aversión a los hombres ricos y a pesar de haber jurado no volver a entregarle su corazón a nadie. Y a pesar de su miedo de que intentara engañar a su abuelo.

Se había acercado demasiado y no sabía cómo apartarse. O incluso si quería hacerlo.

Un hormigueo en el brazo despertó a Gavin por la mañana. Mientras flexionaba los dedos, intentando devolver la circulación a su miembro, notó el suave y delicioso peso sobre su bíceps derecho y recordó dónde estaba y por qué.

Sabrina.

Se habían acostado juntos la noche anterior, en su cama, bajo el techo de Henry. Considerando que aún no había conseguido la escritura, no era muy inteligente pero estaba cerca, muy cerca de cerrar el trato.

Había querido dormir solo para demostrar que controlaba el deseo que sentía por la mujer que pronto sería su esposa, pero la espuma de cacao sobre el labio superior de Sabrina había sido su perdición. Un beso y había perdido el control y el sentido común. Después, había querido volver a su habitación pero Sabrina había murmurado: «quédate» y él había cedido como un tonto.

Para empeorar el asunto, estaba amaneciendo y su ropa seguía en la lavadora. Henry lo llamaría para que lo ayudase con el tractor de un momento a otro...

Gavin hizo una mueca. Tenía que levantarse pero no quería moverse. Acostumbrado como estaba a dormir estirado como un rey, la cama debería parecerle pequeña e incómoda pero le gustaba porque obligaba a Sabrina a estar pegada a él, su pelo rozando su torso. Se sentía más descansado que en mucho tiempo, como si fuera la primera noche que dormía de un tirón desde que llegó a Aspen.

¿Qué le hacía aquella mujer?

Tenía que levantarse de la cama antes de empezar a creer que su relación podía ser algo más profundo. Un matrimonio con él estaba destinado al fracaso, como sus pasadas relaciones y las de sus colegas habían demostrado repetidamente. A él no le gustaba fracasar y, desde luego, no quería terminar como su padre, un canalla frío como el hielo que había empujado a sus hijos a marcharse de casa lo antes posible y había tenido que morir para que volvieran.

Gavin se levantó de la cama, con cuidado para no despertar a Sabrina. Ella suspiró, en sueños, uno de sus pechos asomando por encima de la sábana...

Era preciosa, pensó.

Sintió el deseo de mandar al infierno la escritura y meterse en la cama con ella de nuevo, pero lo contuvo mientras se ponía el pantalón del chándal. Los negocios eran lo primero y su familia contaba con él.

Salió de la habitación sin hacer ruido y el olor a café en la cocina fue la primera indicación del desastre.

Gavin entró en el cuarto de la plancha para sacar su ropa de la lavadora, pero estaba vacía. Era muy temprano y no había oído a Sabrina levantarse en medio de la noche para sacarla, de modo que tenía que haber sido Henry. Y cuando abrió la secadora y comprobó que su ropa estaba seca y caliente supo que no estaba equivocado.

Se vistió a toda prisa y, temiendo lo que iba a pasar, se dirigió a la cocina.

Henry estaba sentado a la mesa, con una taza de café en la mano, un periódico delante de él y un gesto de furia en el rostro.

Gavin tragó saliva, irguiendo los hombros para la batalla que ya no iba a poder evitar.

–Has abusado de mi hospitalidad y de mi confianza.

Sí, lo había pillado.

–Tú me pediste que cortejase a Sabrina y lo estoy haciendo. A mi manera.

–Espero que no le hayas hecho daño a mi nieta.

–No tengo la menor intención de hacerle daño.

–Si lo haces, nunca conseguirás lo que quieres.

–Dijiste que me darías la escritura.

Henry apretó los labios.

–Y no voy a echarme atrás. Puede que no tenga el dinero de los Jarrod, pero llevo mucho tiempo en este sitio y tengo contactos. No podrás conseguir los permisos o incluso que te recojan la basura si no cumples lo que prometiste.

Genial. Justo lo que necesitaba. Había convertido a su aliado en un enemigo.

Los hombres llevaban una hora fuera. El ruido de la puerta había despertado a Sabrina de un sueño profundo, tal vez el más profundo en muchos años. Sintió que le ardía la cara al recordar la causa de su estado semicomatoso… Gavin. El trineo, los múltiples orgasmos.

Pero aún no había escuchado el motor del tractor. Conociendo a su abuelo y a Gavin, seguramente estarían charlando, pero iban a quedarse helados.

Con dos termos en la mano, Sabrina salió al porche. Había dejado de nevar y el sol intentaba asomar entre las nubes, pero hacía un frío terrible.

Habían limpiado el camino entre el hostal y el establo; Gavin, tenía que haber sido él. Su abuelo había dejado de usar la pala un año antes y, como tantas otras tareas, se había convertido en su trabajo. Pero ese año contrataría a algún chico del instituto.

Sabrina llegó al establo y cerró la puerta tras ella. Aparte de los caballos golpeando el suelo de los cajones con los cascos, no oía nada… ninguna conversación, ni siquiera la radio. Que su abuelo y Gavin trabajasen en completo silencio le pareció muy extraño.

Una lámpara de queroseno calentaba un poco el interior, pero Sabrina sintió un frío en el aire que no tenía nada que ver con la temperatura. ¿Qué podía estar pasando?

«Tu imaginación, probablemente». «O tal vez su frustración porque no son capaces de arrancar el tractor».

Su abuelo, que estaba muy serio sobre el asiento, la miró antes de mirar a Gavin, inclinado sobre el capó del tractor.

Sabrina se aclaró la garganta.

–He traído café.

Los dos hombres la miraron pero ninguno dijo una palabra. Siempre estaban charlando y sin embargo...

–¿Ocurre algo con el tractor? –preguntó.

Gavin se incorporó.

–Una de las tuercas de la pala está oxidada y no puedo desengancharla. Si no lo consigo con aceite tendré que cortarla y esperar a que abran las tiendas para comprar otra.

Sabrina lo miró, buscando al hombre que le había hecho el amor con tanta ternura por la noche. Pero en lugar de eso encontró una expresión seria. Desconcertada y dolida, se volvió hacia su abuelo.

–¿Por qué no entras en casa para calentarte un poco? Debes de estar helado.

Henry bajó del tractor y se colocó entre Gavin y ella.

–¿Cómo estás esta mañana, hija?

Sabrina esbozó una sonrisa, pero se daba cuenta de que allí ocurría algo. ¿Sabría que Gavin y ella habían hecho el amor en su habitación? No, imposible. No habían hecho ruido y lo último que recordaba era a Gavin dándole un beso de buenas noches y diciendo que se iba a su cuarto. Ella había murmurado algo, medio dormida… ni siquiera recordaba cuándo se había ido.

–Estoy bien. ¿Qué tal tus huesos?

–Bien –la sucinta respuesta le pareció aún más rara porque su abuelo solía ser hablador–. Sírveme un café, Sabrina.

Ella llenó las dos tazas de los termos.

–Si no podéis arrancar el tractor, tendremos que llamar a alguien para que limpie el camino de entrada.

–Si no consigo soltar la tuerca llamaré a Jarrod Ridge para que venga el equipo de mantenimiento.

–No quiero caridad –replicó su abuelo.

–No es caridad, es un vecino ayudando a otro vecino –dijo Gavin.

–Ah, claro, buenos vecinos. ¿Es así como lo llamas?

Sabrina miró de uno a otro, alarmada. La tensión y el antagonismo entre ellos era palpable y eso sólo podía significar un cosa.

Su abuelo sabía que Gavin había estado en su habitación.

¿Qué podía hacer? ¿Y qué haría su abuelo, sacudiría la cabeza con tristeza porque lo había decepcionado o la condenaría como habían hecho sus padres? ¿Le diría que se fuera del hostal?

Sabrina tragó saliva. A sus padres sólo les había importado la vergüenza de un embarazo no planeado y la posible repercusión en sus carreras.

Entonces miró a los ojos de su abuelo y esperó. Que la juzgase, que la comprendiese… algo. En lugar de eso, como Gavin, él le devolvió la mirada con una expresión indescifrable.

Tenía en la mano lo que había querido días antes: romper la camaradería entre su abuelo y Gavin Jarrod. Pero había decidido que no quería eso. Podía estar enamorándose de Gavin.

¿Qué iba a hacer?

¿Cómo podía solucionarlo?

No tenía ni idea.

Capítulo Diez

–Siento mucho haber tardado tanto en llegar, Blake. Estaba… intentando solucionar algo –se disculpó Gavin cuando llegó a las oficinas de Jarrod Ridge. Ir allí seguía haciéndolo sentir incómodo, incluso sin su padre detrás del escritorio dando órdenes y mirándolos con gesto de desaprobación.

Había recibido un mensaje de Blake pidiendo que fuera allí una hora antes, pero no quiso marcharse del Snowberry Inn hasta haber quitado la nieve del aparcamiento porque sabía que si él no lo hacía seguramente lo haría Henry y acabaría rompiéndose algún hueso. Le caía bien el viejo y no quería que se hiciese daño.

Y antes de ir a la oficina había pasado por el bungaló para darse una ducha y cambiarse de ropa. Aparecer en público con un aspecto desastrado siempre había despertado la ira de su padre y le resultaba difícil olvidar las viejas costumbres.

En realidad, debería haber ido sucio sólo para que su padre se revolviera en la tumba, pensó.

Blake señaló una de las sillas frente al escritorio.

–¿Cómo va el asunto de la parcela?

–Tengo la situación controlada –respondió Gavin, con una confianza que no sentía en realidad. Pero no iba fracasar, estaba convencido.

Su hermano sonrió.

–Yo recuerdo haber dicho lo mismo el mes pasado sobre Samantha.

–Tu ayudante te la jugó bien, pero a mí no me va a pasar lo mismo. Estoy a punto de recuperar la propiedad.

–¿Le digo al equipo que empiece con el siguiente proyecto?

Frustrado, Gavin apretó los dientes.

–Si hacemos eso, los perderemos durante meses.

–Pero no podemos tenerlos de brazos cruzados mientras tú recuperas la propiedad. Si la recuperas.

Maldita fuera. Tenía que pisar el acelerador y casarse con Sabrina, pensó. Y, curiosamente, la idea no le pareció tan repelente como antes.

Sí, tenía que hacer las paces con Henry y casarse con su nieta. Y cuanto antes, mejor.

–¿Cómo organizaste tu boda?

–¿Perdona?

–Tu boda en Las Vegas.

Blake levantó las cejas.

–¿Por qué lo preguntas?

–He estado saliendo con Sabrina, la nieta de Henry Caldwell, y creo que voy a pedir su mano.

–¿Tú? ¿Tú vas a casarte?

–Sí, yo. ¿Por qué no? Es una chica preciosa, me gusta su compañía y el sexo es estupendo –dijo Gavin. Incluso fenomenal, pero su hermano no tenía por qué saber eso.

Blake empezó a sacudir la cabeza antes de que él terminase de hablar.

–Ésa no es razón para casarse.

–Son tres razones y las tres son buenas.

–¿No quieres esperar hasta encontrar el amor de tu vida?

–¿Quién dice que no estoy enamorado de ella?

–No has dicho que lo estés…

Porque él no mentía.

–No soy la clase de hombre que va contando esas cosas, pero le tengo cariño.

Y curiosamente, no era mentira.

–Entonces ve despacio, a ver qué ocurre.

–No quiero esperar.

Blake frunció el ceño.

–Y a mí no me gustan las prisas. Esto no tendrá nada que ver con la parcela, ¿verdad?

Gavin estuvo a punto de mentir, pero no podía engañar a su hermano.

–Será más fácil que Henry firme la escritura si soy parte de la familia.

–No lo hagas, Gavin. No te ates a alguien de quien no estás enamorado. No es justo para ti y es una falta de respeto para ella.

–Lo dice el hombre que ha seducido a su ayudante para que no lo deje colgado –replicó él–. Sé lo que estoy haciendo, no te preocupes.

–Lo lamentarás, te lo aseguro.

Gavin hizo un gesto con la mano, como para quitarle importancia.

–Como he dicho, tengo controlada la situación. No mandes al equipo a otra obra, Blake. En cuanto terminen lo que están haciendo ahora, estará todo listo para el movimiento de tierras.

Y luego se levantó, dando por terminada la reunión antes de que su hermano siguiera haciendo preguntas. La idea de casarse con Sabrina en Las

Vegas le gustaba cada vez más. Sin fanfarria, sin tirar el dinero, sin testigos. Pero no lo haría sin antes haber firmado un acuerdo de separación de bienes. Y para eso necesitaba a Christian, el abogado de la familia, que pronto sería su cuñado.

Pero lo primero era un anillo de pedida y una proposición que ella no pudiera rechazar. Hasta que Sabrina aceptase, todo lo demás carecía de importancia.

–Tú ganas –dijo Sabrina, cuando el camarero se alejó discretamente después de llevarles el café. En circunstancias normales, un sitio tan elegante como aquél no sería su estilo, pero con Gavin frente a ella en la mesa iluminada por velas, la noche parecía mágica.

–¿Cómo que gano? Aparte de la estupenda compañía…

Sabrina se puso colorada. No sabía por dónde empezar. Desde que apareció en la puerta del hostal con un inmaculado traje de chaqueta y una docena de rosas en la mano, cada minuto le había parecido un cuento de hadas.

–Me has traído a un restaurante con una carta de vinos tan grande como una guía telefónica y has hecho que me gustase. La cena ha sido asombrosa y esto… –Sabrina señaló el reservado y el río Fork al otro lado de las ventanas–. No sé como has conseguido reservar mesa con tan poca antelación cuando la mayoría de la gente tiene que esperar un mes, pero es perfecto. Las flores, el vino, el tiramisú… todo.

Él sonrió, pero parecía tenso.

–Me alegro de que te guste. Sólo quiero lo mejor para ti, Sabrina. Para nosotros a partir de ahora.

–¿Qué quieres decir?

Gavin tomó su mano y, como le ocurría siempre, su pulso se aceleró con el contacto.

–Sabrina, quiero que durmamos juntos como anoche y despertar contigo cada mañana.

Tan sorprendente petición la hizo sentir un escalofrío. Se había prometido a sí misma siete meses porque ponerle un límite a su aventura le parecía lo más sensato, pero una parte de ella había empezado a desear más.

–A mí también me gustaría –logró decir.

–No quiero tener que esconderme y no quiero disgustar a Henry. Lo respeto demasiado como para eso. Que me haya pillado saliendo de tu habitación esta mañana nos ha hecho sentir incómodos a todos.

Su abuelo no había dicho una palabra, pero había estado tenso todo el día.

–Yo pensé que habías vuelto a tu habitación cuando me quedé dormida.

–Me pediste que me quedara y no tuve fuerzas para decir que no.

Antes de que Sabrina pudiese decir que ella no le había pedido que se quedara, Gavin metió la mano en el bolsillo de su chaqueta y sacó una cajita de terciopelo.

Pero no podía ser lo que ella pensaba que era…

–Cásate conmigo y así podremos compartir más noches –dijo Gavin, mostrándole una piedra azul sobre una banda de oro.

Sabrina se quedó sin respiración. Aquello no podía estar pasándole a ella. No estaba preparada.

–Esta piedra me recuerda a tus ojos, limpios, claros y preciosos. Y cuando le da la luz, se enciende un fuego en el interior. Desde que lo vi supe que tenía que estar en tu dedo y que quería ser yo quien te lo pusiera.

Nadie le había dicho nunca algo tan romántico en toda su vida y Sabrina se llevó una mano al corazón.

–Es precioso… pero apenas nos conocemos.

–Nos conocemos lo suficiente como para saber que nos entendemos bien.

Aunque decir que sí era un error en todos los sentidos, Sabrina estaba a punto de hacerlo. Pero era una locura. Era demasiado pronto para tomar una decisión así. ¿No había jurado no volver a enamorarse nunca porque no creía que pudiera sobrevivir al dolor de perder a otra persona? ¿Y no era Gavin un hombre rico, además?

Pero era mucho más que eso, tuvo que reconocer. Era divertido, sexy, inteligente. La hacía sentir viva, especial. Se había equivocado sobre él en tantas cosas… Gavin no actuaba como si tuviera derecho a todo y no la trataba como si valiera menos porque no era rica.

«Di que no o pídele más tiempo».

Pero ¿y si lo perdía para siempre? ¿Estaba dispuesta a correr ese riesgo? No. ¿Y si aquel momento era el que recordaría durante toda su vida? Tenía que usar la cabeza, se dijo.

–Apenas nos conocemos, no sabemos nada el uno del otro.

–Pregúntame lo que quieras.

–Ni siquiera te conozco lo suficiente como para saber qué debo preguntar. ¿Y tu trabajo? ¿Y tu insistencia en irte de Aspen?

–Aspen será mi cuartel general a partir de ahora. De esa forma, tú podrás estar al lado de Henry.

–¿Dónde viviríamos?

–Por ahora, tengo que vivir en Jarrod Ridge.

–Pero yo no puedo dejar solo a mi abuelo por las noches.

–Contrataremos a alguien para que duerma en el hostal.

Hacía que todo pareciese tan fácil…

–¿Por qué tienes tanta prisa?

–No quiero perderme un solo día más contigo.

Si un corazón pudiera derretirse, el suyo sería un charco a sus pies en ese momento.

–Mañana, a primera hora, nos iremos a Las Vegas.

Ella lo miró, atónita.

–¿A Las Vegas?

–Dentro de una semana estarás muy ocupada en el hostal y no tendrás tiempo para nada. Nos casaremos y volveremos antes de que Henry nos eche de menos.

Sabrina sintió algo frío en el estómago.

–¿Quieres que nos fuguemos para casarnos?

–¿Por qué esperar?

–Eso es ir demasiado deprisa.

–¿Tú me quieres?

La abrupta e inesperada pregunta dejó a Sabrina sin habla. Había hecho todo lo posible para no pensar en eso, pero… ¿estaba enamorada de él?, se preguntó. Aunque, en realidad, no tenía que hacerlo.

–Yo… creo que estoy enamorándome de ti.

Gavin apretó su mano, respirando profundamente, y tan emocional respuesta a su confesión le tocó algo por dentro.

–Cásate conmigo y así podremos estar juntos.

No había dicho que la quisiera o que estuviera enamorándose de ella pero por lo que sabía de su infancia, la muerte de su madre cuando tenía cuatro años y el carácter dictatorial de su padre, sospechaba que no sería fácil para él pronunciar palabras de amor.

–Si acepto tu proposición no me gustaría casarme a toda prisa como hice la primera vez.

¿Debía contárselo? Sí, se dijo. Si quería que hubiera un futuro para ellos, su relación tendría que estar basada en la sinceridad.

–Hay algo que tienes que saber: la razón por la que tenía tanta prisa por casarme la primera vez es que me quedé embarazada. Estaba en el instituto cuando lo descubrí y mis padres me dieron un ultimátum: o me libraba del niño o me iba de casa. En su ambiente, una mujer soltera no tenía un hijo inesperado –Sabrina lo miró para ver su reacción, pero la expresión de Gavin era indescifrable–. Se lo conté a Russell –siguió– y, cuando volvió del campamento militar, nos escapamos. No he vuelto a casa desde entonces.

–¿No has vuelto a ver a tus padres?

Sabrina negó con la cabeza.

–Me fui con Russell cuando lo destinaron a Fort Bragg. Estaba furiosa con ellos por no haberme apoyado cuando los necesitaba y no les dije que me había casado, pero siempre lamentaré no haber invitado a mis abuelos. Ellos sufrieron por mi culpa y no quiero que vuelva a pasar.

En los ojos de Gavin vio un brillo de compasión.

–¿Qué fue de tu hijo?

–Lo perdí cuando Russell estaba destinado fuera del país –Sabrina suspiró–. Los médicos no sabían por qué. Sencillamente, ocurrió. Dijeron que no tenía por qué volver a pasar, pero no volvimos a intentarlo. Queríamos esperar hasta que Russell dejara el ejército pero entonces… entonces murió.

–¿Y pasaste por todo eso sola?

–Perdí a mi hijo estando sola, pero mi abuelo estuvo a mi lado cuando murió Russell.

–Lo siento mucho –dijo Gavin–. ¿Quieres que tus padres estén en la ceremonia?

Sus padres no perderían un solo día de su preciosa universidad.

–No, seguramente estarán muy ocupados de todas formas.

–Entonces, sería sólo Henry y nosotros.

–¿Y tu familia?

–Eso depende de ti. Por mí, mientras tú estés allí no necesito a nadie más.

Otra flecha de Cupido que fue directamente a su corazón.

Su abuelo se alegraría al saber que había tenido razón al decir que algún día encontraría el amor sin buscarlo. Aunque ella no lo había creído. Después de perder a su marido se creía inmune al amor pero, aparentemente, no lo era. Lo que sentía por Gavin era muy diferente a lo que había sentido por Russell, pero ella sabía que era amor.

–¿No podríamos esperar un poco?

–¿Estarías dispuesta a dormir en mi bungaló todas las noches hasta que nos casemos?

Sabrina suspiró.

–No.

–¿De verdad quieres dormir sola?

–No, prefiero dormir contigo.

Gavin sacó el anillo de la caja y la miró, esperando.

¿Por qué estaba siendo tan cobarde cuando podría tener más de lo que había soñado nunca: un
matrimonio apasionado con un hombre al que
amaba y la oportunidad de cuidar de su abuelo?

–Di que te casarás conmigo, Sabrina –la animó
él, con cierta impaciencia–. Podríamos hacerlo enseguida... posiblemente el lunes por la tarde.

A ella le daba vueltas la cabeza. Su conciencia le
decía que debían ir más despacio, pero su corazón
decía: «sí, sí, sí».

–Me casaré contigo, Gavin Jarrod –dijo por fin–.
Quiero ser tu mujer y pasar el resto de mi vida des-
pertando entre tus brazos.

Gavin puso el anillo en su dedo antes de besar
sus nudillos con ternura.

–Gracias.

Con los ojos empañados, Sabrina miró el anillo,
un símbolo de la felicidad que había pensado que
no volvería a encontrar nunca.

–La piedra es preciosa, ¿qué es, un zafiro?

–Un diamante azul.

Su corazón dio un vuelco dentro de su pecho.

–¿Un diamante azul? ¿No son unas piedras muy
raras y valiosas?

–No tanto como tú.

Cada vez le parecía más un cuento de hadas, pero una pequeña parte de ella se preguntaba si un hombre que compraba diamantes azules podría conformarse con una chica tan corriente como ella.

–Volvamos al hostal para darle la noticia a tu abuelo y abrir una botella de champán.

Sabrina asintió con la cabeza. No se le ocurría una manera mejor de celebrarlo, salvo en la cama con Gavin.

El sentimiento de culpa era como un cuchillo en el pecho de Gavin cada vez que Sabrina sonreía.

Lo amaba.

Y él no merecía su amor.

Pero no podía mostrar sus sentimientos con Henry a su lado, vigilándolo como un halcón.

Sabrina había pasado por muchas penas: el rechazo de sus padres, la pérdida de su hijo, la muerte de su marido. Pero echarse atrás ahora le dolería más que seguir adelante y dejar que ese amor se fuera esfumando con el tiempo, como sin la menor duda ocurriría.

El teléfono del hostal sonó en ese momento.

–Yo contestaré –dijo Sabrina, corriendo hacia el pasillo.

Henry esperó hasta que estuvieron solos para dejar sobre la mesa su copa de champán.

–¿Estás decidido a casarte?

–Sé que hago feliz a Sabrina.

El hombre asintió con la cabeza.

–Eso es cierto. Si no, yo mismo cancelaría el acuerdo. Pero estaré vigilando.

–Me parece bien.

–Y no creas que ese anillo, por mucho que hayas pagado por él, te da carta blanca para acostarte con mi nieta.

–Lo entiendo –dijo Gavin–. Celebraremos una ceremonia íntima en Jarrod Ridge en cuanto pueda organizarla. Tal vez el lunes.

–¿Por qué no aquí?

–Porque si nuestro matrimonio no funcionase… En fin, no quiero que Sabrina tenga malos recuerdos del Snowberry Inn.

Henry murmuró algo, pero Gavin no sabía si su tono era de aprobación o desaprobación.

Sabrina volvió entonces y su expresión desconcertada hizo que deseara abrazarla, algo poco normal en él, que no era particularmente cariñoso.

–Era Samantha Jarrod. Dice que es tu cuñada.

–Sí, la mujer de mi hermano Blake.

–Me ha invitado a la despedida de soltera de tu hermana Erica el día diecinueve.

Blake debía de haber hablado con su mujer y la familia Jarrod ya estaba dispuesta a incluir a Sabrina entre los suyos.

Era demasiado tarde para echarse atrás, aunque pudiese encontrar otra manera de hacerse con la parcela.

Era el día de su boda.

Sabrina paseaba por el jardín del hotel Jarrod Ridge el lunes por la tarde, intentando contener los nervios y respirar con tranquilidad.

Entre encontrar un vestido y atender a los clientes que habían empezado a llegar al hostal, sólo había visto a Gavin una vez durante el fin de semana.

¿Estaba haciendo lo que debía?, se preguntó.

Su conciencia estaba haciéndole esa pregunta desde que Gavin le presentó un acuerdo de separación de bienes el sábado por la tarde. Firmar el documento le había parecido como poner fin al matrimonio antes de empezar, pero Gavin le había explicado que ella debía proteger sus intereses en el hostal y él debía proteger los intereses de su familia. Era lo más lógico, en realidad.

Para concentrarse en algo que no fueran los nervios que tenía agarrados al estómago, Sabrina examinó el lugar que Gavin había elegido para la ceremonia.

El solarium de Jarrod Ridge, con su techo abovedado de cristal, ya estaba decorado para las Navidades, aunque aún faltaban muchas semanas. Un enorme árbol de navidad decorado con flores de pascua blancas y rojas y lucecitas blancas dominaba una de las paredes, dándole un aire festivo a lo que sería un simple intercambio de promesas oficiado por uno de los amigos de su abuelo, un juez retirado.

Enfrente había una chimenea de piedra rodeada por flores de pascua y, en el centro de todo, una preciosa fuente de bronce con la forma de las montañas de Aspen, las mismas que podía ver a través de las ventanas.

En otras circunstancias, imaginaba que el gorgoteo del agua le parecería relajante, pero en aquel momento no estaba en absoluto relajada.

De hecho, tenía frío y tuvo que acercarse a la chimenea para calentarse las manos. La luz de la lámpara de araña se reflejaba en el diamante que llevaba en el dedo, revelando el fuego interior del que le había hablado Gavin.

Le había gustado en cuanto lo vio, pero cuando supo que el azul de la piedra era el color favorito de Gavin, se había enamorado por completo. Encontrar un vestido del mismo tono había sido como si el destino confirmara su decisión de casarse.

Pero eso no la tranquilizaba.

Sabrina pasó una mano por la larga falda de satén y movió los hombros bajo el bolero de encaje que ocultaba el corpiño. El vestido tenía más escote del que ella acostumbraba a llevar, mostrando el nacimiento de sus pechos, pero le había parecido tan precioso…

No llevaba un vestido de novia cuando se casó con Russell. Entonces no tenían dinero para comprarlo.

«No pienses en Russell».

La puerta se abrió en ese momento y Gavin entró en el solarium, guapísimo y carismático con un traje de chaqueta negro, camisa blanca y corbata de seda en tonos azules. Llevaba un capullo de rosa en la solapa y una mano a la espalda.

—¿Estás lista?

¿Esperaría si le decía que no?

—Creo que sí.

Gavin le mostró entonces lo que llevaba en la mano: un ramo de rosas y gardenias.

—Para ti. Henry me ha dicho que son tus flores favoritas.

Ese gesto tan considerado le recordó una de las razones por las que iba a decirle que sí: Gavin era generoso, considerado. No había dicho que la quisiera todavía, pero se lo demostraba continuamente.

–Gracias, son preciosas.

–Tú también –murmuró él, trazando el escote del vestido con un dedo–. Y ese vestido es muy sexy.

–Me alegro de que te guste –Sabrina aceptó el ramo y se lo llevó a la cara–. Qué bien huele.

–¿Dónde está Henry?

–El juez Roberts tiene cataratas y no puede conducir, así que ha ido a buscarlo.

–Debería haber enviado un coche y no hacerte esperar aquí sola.

–No pasa nada, he estado… pensando.

Gavin levantó su cara con un dedo.

–Si tienes dudas, ahora es el momento de decirlo.

Que le diera la oportunidad de decir que no calmó un poco sus miedos.

–Quiero casarme contigo, Gavin.

–Me alegro, porque estoy deseando tenerte entre mis brazos esta noche. Ha sido un fin de semana muy largo sin ti.

–Yo también estoy deseándolo –admitió ella.

Gavin le quitó el ramo para dejarlo sobre una mesa antes de besarla. Y el beso no la decepcionó. Sabía a café y a él. Mientras la besaba, con una mano presionaba su cintura, generando un deseo del que debería avergonzarse. Pero no era así, al contrario, disfrutaba de lo que le hacía sentir con una sola mirada, con un roce.

La puerta se abrió entonces, obligándolos a separarse. Su abuelo y el juez Roberts entraron en el solarium frotándose las manos.

–Parece que tenemos que casaros lo antes posible. Hace un frío de mil demonios.

–Amén –bromeó Gavin, haciéndola sonreír.

Al menos había pasión por ambas partes. Y para bien o para mal, Sabrina decidió que no podía estar más de acuerdo. Y quería terminar con la boda lo antes posible para dejar de cuestionarse si estaba haciendo lo que debía.

La alianza de oro pesaba en el dedo de Gavin mientras cortaba la tarta nupcial al final del sencillo banquete que había organizado. Le debía a Sabrina al menos eso, ya que no había tenido uno en su primera boda.

Su familia seguramente habría querido una ceremonia más aparatosa, pero no estaba dispuesto a hacer el papel de novio enamorado frente a la gente que lo conocía bien y que, sobre todo, conocía su aversión al matrimonio.

Haciéndole un gesto al fotógrafo para que los dejara solos, apartó lo rizos de Sabrina de su cara. Pero cuando ella lo miró con un brillo de felicidad en los ojos, sintió el impacto de esa mirada como una caricia y tardó un segundo en recordar lo que iba a decir.

–El juez y tu abuelo tienen que irse a casa antes de que se haga de noche. Voy a acompañarlos, pero vuelvo enseguida.

Sabrina levantó la mano para lamer un trocito de tarta de su dedo, pero Gavin lo interceptó y se lo llevó a la boca, el sabor de su piel mezclándose con el del chocolate blanco de la tarta.

Aquella mujer lo había hechizado, pero ni siquiera una pasión tan fuerte podría soportar sus prolongadas ausencias.

Pero hasta ese día, se concentraría en el momento. En unas horas estaría en su cama, desnuda, húmeda para él...

—Dame cinco minutos.

Ella se pasó la lengua por los labios, invitándolo inconscientemente a besarla, un beso rápido que casi le hizo olvidar lo que tenía que hacer.

—Tómate tu tiempo —dijo Sabrina—. Yo necesito ir al lavabo de todas formas.

Gavin no quería dejarla, pero la escritura era la razón para toda aquella farsa y no terminaría el día sin tenerla en su mano. Cuando así fuera, llamaría a Blake y le diría que el equipo de construcción podía empezar a hacer su trabajo.

Soltar su mano fue más difícil de lo que debería, pero lo hizo y se reunió con los dos hombres en la puerta.

—Elwood, ¿nos das un minuto? —le rogó Henry.

El juez Roberts asintió mientras estrechaba la mano de Gavin.

—Enhorabuena. Eres un tipo con suerte.

—Sí, lo sé.

Cuando el juez se alejó, Gavin señaló un sofá en una esquina.

—¿Tienes la escritura firmada?

—Aquí la tengo —Henry sacó el documento del bolsillo—. Como quedamos: favor por favor.

Gavin sonrió, satisfecho. Por fin tenía lo que deseaba. Había conseguido algo que su padre no consiguió nunca.

–¿Qué es eso? –oyeron la voz de Sabrina tras ellos.

Antes de que Gavin pudiera contestar, ella le quitó el documento de la mano y, después de echarle un vistazo, los miró a los dos.

–Es la escritura de la mina.

–Sí, lo es.

–Dime que esto no tiene nada que ver con nuestra boda.

–No debes preocuparte, hija –empezó a decir Henry.

–Dijiste que mi abuelo había aceptado venderte esa parcela.

Gavin no sabía qué decir, pero decidió que lo mejor sería ser sincero.

–Te dije que nos habíamos puesto de acuerdo, sí.

–Si has comprado la propiedad, ¿dónde esta él cheque? Piénsalo mucho antes de mentirme.

El dolor que había en los ojos de Sabrina le partía el corazón, aplastando la sensación de triunfo que había experimentado un segundo antes.

Tenía que arreglar aquello o la perdería para siempre.

Capítulo Once

Sabrina miró a su abuelo y luego a Gavin. Los dos la miraban con una expresión de culpabilidad que le encogió el corazón.

–Favor por favor –repitió la frase que había escuchado, intentando entenderla. Desgraciadamente, la única opción era intragable. ¿Por qué los dos hombres a los que más amaba habían decidido engañarla?, se preguntó, incrédula–. ¿Te has casado conmigo para conseguir la mina?

–Jarrod... –el tono de su abuelo parecía una advertencia.

–Sabrina tiene que saber la verdad –dijo Gavin por fin–. Ése era el plan original, sí.

Fue como si una flecha atravesara su corazón, pero aquélla no era de Cupido, sino la flecha de un asesino. Su matrimonio era una mentira.

–¿Cómo que ése era el plan original? Explícame eso, por favor.

Gavin tragó saliva.

–En cuanto te vi en el porche del hostal me gustaste, Sabrina. Y cuando nos besamos supe que no me detendría ante nada para hacerte mía. Nunca había reaccionado así con otra mujer en toda mi vida. Y eso fue antes de conocer a Henry, antes de que él sugiriese este... intercambio.

–¿A qué intercambio te refieres?

De nuevo, Gavin vaciló, como si estuviera eligiendo cuidadosamente sus palabras.

–Henry sugirió que te conociese mejor. Pero con la parcela o sin ella habríamos terminado juntos.

–Entonces, todo esto… –Sabrina señaló alrededor–. Todo es mentira.

Él se levantó para tomarla del brazo, apartándola un poco de su abuelo.

–¿Crees que puedo fingir el deseo que siento por ti, el ansia que me come por dentro? Dime algo de lo que ha ocurrido entre nosotros que haya sido falso.

Sabrina no quería creerlo, pero no podía negar que parecía sincero. ¿Cómo podía su respuesta dolerle y excitarla al mismo tiempo?

¿La amaba o sólo la había utilizado?

Tuvo que apartarse para recuperar el control, mirando a su abuelo.

–Entonces, todo esto es idea tuya.

Los ojos de Henry Caldwell suplicaban que lo perdonase.

–Hija, yo…

–Henry se dio cuenta de que nos sentíamos atraídos el uno por el otro y sugirió que te cortejase porque te quiere y temía que te quedases sola si a él le pasara algo.

Sabrina se dio cuenta entonces de que había algo más. Si su abuelo estaba tan desesperado por casarla, tenía que estar escondiendo algo.

–Esa insistencia de que buscara a alguien durante los últimos meses… es porque no te encuentras bien, ¿verdad?

Henry se encogió de hombros.

—Soy viejo.

—No me engañes, abuelo. Esto es importante.

—Tengo la edad que tengo, hija. Colleen habría querido verte casada antes…

—No necesito una niñera. La abuela y tú me enseñasteis bien, de modo que sé cuidar de mí misma y del hostal.

—No estamos hablando de una niñera. Es lo que te he dicho tantas veces: la vida hay que compartirla y yo quiero que tengas lo que tuvimos tu abuela y yo. Quiero que sepas que hay una persona que te apoyará en todo, que siempre estará a tu lado. No tuviste eso con Russell porque él siempre estaba de servicio aquí y allá… No digo que su labor no fuera valiosa, hija —se apresuró a explicar cuando Sabrina abrió la boca para protestar—, pero te dejaba sola. Y no tuvisteis oportunidad de ser un matrimonio de verdad porque murió.

—No quiero hablar de Russell…

—El día que Gavin fue a visitarnos por primera vez me di cuenta de que os gustabais. Entonces supe que tenía que hacer algo porque tu testarudez te impedía ver lo que tenías delante.

—Pero abuelo…

—Pero nada —la interrumpió él—. Gavin es el primer hombre por el que muestras interés desde que volviste a Aspen y no estaba dispuesto a dejarlo pasar.

—Podrías habernos dado una oportunidad para que lo descubriéramos por nuestra cuenta.

—Ninguno de nosotros sabe los días que le quedan y la felicidad no puede esperar. Hay que agarrarla cuando se presenta.

Casándola con Gavin se había quitado de encima una preocupación, pensó Sabrina. Cuando se volvió hacia Gavin, su pulso se aceleró como ocurría cada vez que lo miraba. Lo amaba y, por lo que había dicho y por lo que le había demostrado en el tiempo que llevaban juntos, Gavin sentía cariño por ella. Era cierto, nadie podía fingir esa pasión o esa ternura. Tal vez aún no la amaba, tal vez sí. ¿Quería tirarlo todo por la ventana porque su relación no había empezado de la manera habitual?

No.

Sabrina lo miró a los ojos.

—¿Estás seguro de que quieres ser mi marido?

Gavin sostuvo su mirada.

—No cambiaría nada de lo que ha pasado entre nosotros desde que nos conocimos y te aseguro que haré lo posible para que nunca lamentes haberte casado conmigo.

Entonces ella haría lo propio para que el matrimonio funcionase, por ella y sobre todo por su abuelo.

—Voy a llevar a Henry a casa —dijo Gavin entonces—. Creo que nos espera una luna de miel.

—Tú sabes que no puedo irme de aquí.

—No tendrás que salir de Aspen para que yo te haga sentir que estás volando —le dijo Gavin en voz baja.

La sensual promesa que había en sus ojos, y en su voz, la hizo temblar. Para bien o para mal, Gavin Jarrod era su futuro.

***

Embarazada.

Sabrina miró la prueba de embarazo, atónita.

Eso explicaba muchas cosas: las náuseas que había sentido últimamente, la sensibilidad en los pechos y que ciertos olores la repugnasen cuando antes nunca había sido así.

Había querido pensar que esos cambios eran debidos a su nueva vida de casada…

Aunque le había encantado compartir con Gavin el bungaló durante los últimos once días, ser su esposa, la directora del hostal y cuidar de su abuelo al mismo tiempo no era tarea fácil. Le había pedido a Meg, la persona que limpiaba el hostal, que durmiera allí por las noches pero seguía preocupada.

Sabrina se miró al espejo del baño, llevándose una mano al estómago. Un hijo, pensó, sintiendo una mezcla de emoción y miedo. Una parte de ella anhelaba tener un hijo con Gavin, otra pensaba que era demasiado pronto.

¿Cómo reaccionaría? ¿Se lo tomaría estoicamente y decidiría alegrarse como había hecho Russell o se llevaría disgusto? No tenía ni idea.

Habían estado tan ocupados con las tareas del hostal y la construcción del nuevo bungaló que aún seguían descubriendo cosas el uno sobre el otro y apenas podían tener una conversación sin terminar desnudos. Un hijo cambiaría todo eso.

Era pronto, sólo tenía un retraso de un par de días. Muchas cosas podían ir mal durante el primer trimestre, como ella había descubierto de la peor manera posible. Tal vez debería esperar antes de decírselo.

En ese momento sonó el timbre y Sabrina miró su reloj. Debía de ser Avery.

—Maldita sea.

Había conocido a Avery Lancaster la semana anterior, cuando las mujeres de la familia Jarrod organizaron una merienda para darle la bienvenida, y se había llevado bien con la prometida de Guy inmediatamente. Por eso, cuando Avery se ofreció a llevarla a la despedida de soltera de Erica en el centro de Aspen, había aceptado de inmediato.

En realidad, era maravilloso que todas las mujeres de la familia la hubieran recibido de manera tan cariñosa.

Sabrina guardó la prueba de embarazo en la caja. No estaba preparada para enfrentarse al mundo sabiendo lo que sabía, pero ¿qué otra cosa podía hacer?

Después de tirar la caja a la basura se puso un poco de brillo en los labios y se dirigió a la puerta, tomando el regalo para Erica antes de abrir. Pensaría en Gavin y en el embarazo más tarde.

—Hola, Avery. Perdona, no había oído tu coche.

—No pasa nada. Oye, ¿estás bien? Te veo muy pálida.

—Es que se me ha olvidado ponerme colorete. Pero no importa, me arreglaré un poco en el coche. ¿Qué le has comprado a Erica? —le preguntó, para cambiar de tema.

—Guy y yo hemos encargado una semana de cenas gourmet para cuando Erica y Christian vuelvan de su luna de miel.

—Qué buena idea. Imagino que las cenas las hará Guy —dijo Sabrina.

Mientras se ponía el cinturón de seguridad se dio cuenta de que no sabía dónde vivirían Gavin y ella cuando naciese el niño... en el mes de julio, pensó después de hacer un rápido cálculo. Pero para entonces, Gavin ya no tendría que vivir en Aspen.

¿Querría vivir en el hostal? Si no, tal vez podrían comprar una casita en el centro de Aspen. ¿O tendría que viajar continuamente?, se preguntó. Ella no podía dejar a su abuelo. ¿Sería como su matrimonio con Russell, sola continuamente? ¿Tendría que criar a su hijo sola? ¿Llegaría aquel embarazo a buen término?

Había tantas preguntas sin respuesta... Le gustaría haber hablado con Gavin de todo eso, pero el sexo siempre se interponía entre ellos. De hecho, había pensado alguna vez que Gavin usaba el sexo para evitar una conversación seria.

–¿Seguro que estás bien? Te veo muy seria –dijo Avery.

–Perdona, estaba preguntándome adónde iría Gavin cuando ya no tenga que vivir en Aspen.

–Le he oído decir que está trabajando en el diseño preliminar de un puente en Nueva Zelanda.

La sorpresa dejó a Sabrina sin aliento. Ni siquiera estarían en el mismo continente...

–No sabía que hubiera aceptado el trabajo.

–Puede que no lo haya hecho, no lo sé.

Poco después llegaron al restaurante donde estaban reunidas las demás: la futura novia, Erica, Melissa, la hermana de Gavin y Samantha, que se había casado recientemente con Blake. El resto de las mujeres eran caras nuevas y Sabrina sonrió, intentando mostrarse alegre.

Una camarera pasó a su lado con una bandeja de alitas de pollo y el olor hizo que se llevara una mano al estómago. Era raro porque le gustaban las alitas de pollo, pero aquel día incluso el olor le producía náuseas.

Avery tocó su brazo.

–Voy a presentarte a todo el mundo…

–Espera un momento –la interrumpió Sabrina, antes de ir corriendo al baño. Antes de llegar al inodoro las náuseas habían pasado y apoyó las manos en el lavabo, respirando profundamente. Nunca se había sentido tan mal durante su primer embarazo.

La puerta se abrió en ese momento y Avery asomó la cabeza, mirándola con cara de preocupación.

–¿Seguro que estás bien?

–Es que… –no sabía qué decir. No le había dado a Gavin la noticia y no le parecía bien contárselo a otra persona–. No te preocupes, no es contagioso.

–¡Ay, Dios mío, estás embarazada!

Sabrina no quería mentir, ¿pero de qué otro modo podía explicar su extraño comportamiento?

–Sí, creo que sí. Pero, por favor no se lo cuentes a nadie. Gavin no lo sabe todavía, me hice la prueba mientras te esperaba.

–Eso explica tu cara de susto cuando abriste la puerta. No es asunto mío pero, ¿estás contenta?

Sabrina se llevó una mano al estómago.

–Sí, lo estoy. Pero no sé cómo va a tomarse Gavin la noticia. Es demasiado pronto y no lo habíamos planeado.

Otra conversación que deberían haber mantenido antes de casarse.

–¿Y qué vas a hacer?

–Estoy pensando esperar un poco antes de contárselo.

–Si ya estás embarazada es demasiado tarde para esperar. Además, si te vuelve a pasar lo que acaba de pasarte ahora no podrás esconderlo.

–No, imagino que no. Pero…

–Escúchame, Sabrina. Gavin, como todos los Jarrod, es duro por fuera pero tiene un corazón de oro. Se ve en cómo cuidan unos de otros, aunque cada uno esté en un punto diferente del globo, y en cómo lo dejaron todo para cumplir las condiciones del testamento de Donald. Yo lo sé bien porque estoy prometida con el hermano de Gavin –dijo Avery, apretando su mano.

–Sí, imagino que tienes razón –murmuró Sabrina.

Y esperaba que Gavin se alegrase tanto de la noticia como ella.

–¡Cuidado! –el grito de Blake hizo que Gavin se apartara del paso de un tractor–. ¿No lo habías visto?

Él negó con la cabeza.

–No, estaba pensando en otra cosa.

–¿En el trabajo de Auckland?

–No, yo… –Gavin no terminó la frase. No quería decir que estaba pensando en Sabrina.

Su hermano sonrió.

–¿Pensando en tu mujer? Bienvenido al club. Anda, vete a casa. Yo lo tengo todo controlado.

–No tengo que irme. Estoy bien.

–Ni siquiera has tenido una luna de miel. Vamos, pasa algún tiempo con tu mujer.

Más tentado de lo que debería, Gavin miró su reloj. Era casi la hora de irse de todas formas. Y se iría porque, si se quedaba, sus distracciones iban a costarle caro a alguien, seguramente a él. Para estar rodeado de maquinaria pesada había que estar totalmente concentrado y él no lo estaba.

Pero no se iba porque quisiera ver a Sabrina.

«¿A quién quieres engañar?».

Disgustado por lo que consideraba una debilidad, se despidió de Blake y se abrió paso entre el barro y la nieve hacia su furgoneta.

¿Qué le había hecho Sabrina? ¿Cómo podía distraerlo de esa forma cuando su habilidad para concentrarse en cualquier parte y en cualquier condición había sido siempre algo de lo que se sentía orgulloso?

Gavin se colocó tras el volante y miró la carpeta que había sobre el asiento del pasajero: Nueva Zelanda.

Antes de conocer a Sabrina había pensado que aquel puente era el proyecto más emocionante de su carrera, pero la triste realidad era que no había logrado reunir ningún entusiasmo por ese puente desde que la conoció. Llevaba la carpeta con él, intentando encontrar un momento para ponerse a trabajar, pero sólo la había abierto un par de veces.

–Sólo es sexo –murmuró para sí mismo–. Un sexo espectacular.

«Sí, seguro», le dijo su conciencia. «Y esa mina sólo es un agujero en el suelo».

Había dos coches en el aparcamiento del hostal

cuando llegó, seguramente turistas que se habían adelantado a la invasión.

Usando su llave, entró por la puerta trasera y fue recibido por un delicioso aroma a canela. Seguramente habría hecho galletas, pensó.

—¿Sabrina?

—¡En la oficina! —la oyó gritar.

Gavin la encontró detrás del viejo escritorio, el pelo sujeto sobre la cabeza dejando al descubierto su cuello y ese sitio en su nuca que tanto le gustaba besar.

—¿Dónde está Henry?

—Ha ido a dar un paseo con el juez Roberts.

—¿Y los clientes?

—Visitando galerías de arte.

Gavin entró en la oficina y cerró la puerta con llave.

—Es temprano. ¿Por qué no estás en la obra?

—Blake lo tiene todo controlado —respondió él, tirando de su mano para ponerla de pie—. Vaya, llevas falda.

—He ido a la despedida de soltera de Erica esta tarde.

Gavin metió una mano bajo su falda para acariciar sus muslos. No llevaba medias, pero sí bragas. Una pena, aunque no las llevaría puestas mucho tiempo.

Sabrina dio un paso atrás cuando intentó bajarlas.

—Gavin, tenemos que hablar.

¿Por qué las mujeres siempre querían hablar cuando los hombres se comunicaban mucho mejor a un nivel más básico?

172

–Enseguida –murmuró él, apartando a un lado las braguitas para acariciar con suavidad sus húmedos pliegues.

–Gavin, por favor…

–Sé muy bien lo que te gusta… –Gavin la acarició hasta tenerla temblando entre sus brazos y luego le dio la vuelta para enterrar la cara en su cuello, empujando el redondo trasero hacia su entrepierna para que notase su erección. Mientras lo hacía no dejaba de acariciarla y, cuando la oyó jadear bajó la cremallera de su pantalón con manos temblorosas y se puso un preservativo que llevaba en el bolsillo antes de entrar en ella.

Era tan caliente, tan suave, tan húmeda… Tuvo que apretar los dientes para no perder el control mientras sus músculos se contraían a su alrededor, pero siguió acariciándola con el dedo hasta llevarla al orgasmo. Y cuando no pudo aguantar más, dejó de luchar.

El clímax lo dejó con las piernas temblorosas y tuvo que apoyar una mano en el escritorio para permanecer de pie.

¿Cómo podía ser siempre tan fabuloso con ella?, se preguntó. ¿Cuánto tiempo tardaría en cansarse?

Sabrina se apartó, colocándose la ropa mientras él intentaba llevar aire a sus pulmones.

–Ha sido…

–Fantástico –Gavin tiró el preservativo a la papelera y se subió la cremallera del pantalón.

–Iba a decir inesperado –murmuró ella–. Pero tengo algo que decirte.

Su tono indicaba que no era nada bueno.

–¿Henry se encuentra bien?

–Sí, sí, está bien –Sabrina se mordió los labios–. Estoy embarazada.

La sorpresa dejó a Gavin inmóvil.

–¿Cómo?

–Imagino que fue la primera vez, en el cuarto de los aperos. Es la única vez que no usamos protección.

¿Embarazada? Pero él no quería ser padre.

Y especialmente no quería ser un padre dictatorial y frío como el suyo. Él había esperado que Sabrina se cansara de sus ausencias y pidiera el divorcio, por eso estaba interesado en el proyecto de Auckland. Una distancia de esa magnitud significaría menos visitas…

Pero ahora Sabrina y él estarían atados para siempre por un hijo. Un hijo al que fallaría a menos que encontrase un modelo de padre mejor que Donald Jarrod.

Capítulo Doce

La expresión seria de Gavin fue como una bofetada para Sabrina.

–Tener hijos no era parte del plan.

–No hemos hablado de ello, ya lo sé. ¿Estás diciendo que no quieres tener hijos o que no quieres tenerlos conmigo?

–Yo viajo demasiado como para ser un buen padre. Sería un padre ausente como máximo.

Eso confirmaba sus sospechas y el corazón de Sabrina se hundió dentro de su pecho.

–¿Entonces volverás a irte cuando acabe tu año en Aspen?

–Sí.

–¿Y yo? ¿Y nosotros? Tú sabes que no puedo dejar a mi abuelo y el hostal ha sido de mi familia desde siempre. No puedo dejarlo en manos de otra persona.

–Nunca he pensado pedirte que dejaras el hostal –dijo Gavin–. Me voy al bungaló.

–Espera un momento –lo llamó Sabrina–. ¿No quieres que hablemos de esto?

–No hay nada que hablar. Estás embarazada y el niño y tú tendréis todo lo que necesitéis cuando yo esté fuera.

Sabrina hizo una mueca de dolor.

–Entonces te casaste conmigo por la parcela. ¿Y

luego qué? ¿Cuál era tu plan cuando consiguieras lo que querías?

Gavin la miró con ojos helados, unos ojos que habían brillado de pasión unos segundos antes. Por ella.

Y supo entonces que nunca la querría como lo quería ella. Nunca había dicho que la quisiera no porque no supiera poner sus sentimientos en palabras, sino porque no lo sentía.

Ser tragada por una avalancha habría sido menos doloroso que saber que el sexo y las tierras eran lo único que le importaba.

–Si te has casado conmigo por la propiedad, ya es tuya. Misión cumplida. No me necesitas y yo no te necesito a ti. Te daré el divorcio si me das la custodia de mi hijo.

–Nuestro hijo.

Sabrina negó con la cabeza.

–Yo crecí sabiendo que mis padres no me querían, que era una carga para ellos. Y mientras viva, jamás permitiré que mi hijo pase por algo así. Si no nos quieres en tu vida, entonces no tenemos nada más que decirnos. Enviaré a alguien a buscar mis cosas. Y ahora, por favor, márchate.

Gavin entró en el bungaló unos minutos después del mediodía. La nevada había obligado a parar las obras por el momento, pero daba igual porque todo el mundo estaba haciendo planes para Acción de Gracias al día siguiente y él estaba deseando escapar a la soledad del bungaló.

No le había contado a nadie que Sabrina y él se

habían separado pero cuando apareciese en la cena de Acción de Gracias sin ella, todo el mundo se daría cuenta.

El silencio del bungaló parecía hacer eco a su alrededor. En el corto período de tiempo que Sabrina había vivido allí había dejado su marca, particularmente en la cocina. Cada noche cuando volvía a casa era recibido por un delicioso aroma a cocina casera y la nevera estaba llena de alimentos...

Pero ya no. Aquella semana, la cocina olía a hospital, la nevera estaba vacía y el gel de frutas de Sabrina ya no estaba en la ducha. Y aunque le había pedido a la camarera que no lo hiciera, seguía dejando chocolatinas sobre la almohada toda las noches. Unas chocolatinas que le recordaban a Sabrina...

Gavin se quitó la chaqueta antes de servirse un whisky que le quemó la garganta.

¿Por qué se sentía tan inquieto? Él estaba acostumbrado a los hoteles. Había pasado la mitad de su vida viviendo en ellos. Libre, sin ataduras, como a él le gustaba. Entonces, ¿por qué de repente parecía como si le faltase algo?

Para olvidarse del asunto decidió ponerse a trabajar. Pensó encender la chimenea, pero no lo hizo porque también le recordaba a Sabrina. Dejándose caer en uno de los sofás, intentó concentrarse en el informe geológico pero le pesaban los párpados cuando normalmente la parte técnica de la construcción lo fascinaba. Le encantaba el reto de anticiparse a los problemas, pero no aquel día.

«¿Qué esperas cuando no puedes pegar ojo por las noches?».

177

Porque estaba preocupado de fracasar como padre igual que lo había hecho Donald Jarrod.

Veinte minutos después, un golpecito en la puerta le dio la excusa que necesitaba para dejar de hacer algo en lo que no podía concentrarse.

–¿Gavin Jarrod? –le preguntó un chico de unos veinte años, con el uniforme de una empresa de mensajería.

–Sí, soy yo.

–Esto es para usted, señor Jarrod –el joven le ofreció un sobre y se dio la vuelta antes de que Gavin pudiera darle una propina.

Sorprendido, miró el remite. Era de un bufete de abogados.

–¿Qué demonios…?

No había hablado con Henry desde que Sabrina le pidió que se fuera del hostal, pero el viejo podría haber cumplido su promesa de hacerle la vida imposible si hacía sufrir a su nieta.

Gavin abrió el sobre esperando encontrar una orden judicial para que parasen las obras…

Petición de divorcio.

Esas palabras provocaron una insoportable opresión en su pecho. Sabrina había pedido el divorcio.

Pero además de ese documento había otro en el que le pedía que renunciase a la custodia del bebé.

Gavin volvió al salón y se dejó caer sobre el sofá.

Si firmaba aquello no tendría razón ni derecho para volver a ponerse en contacto con Sabrina. O de ver a su hijo. Y ninguna razón para volver a Aspen.

«Fírmalo. Es lo mejor que puedes hacer por ella. Serías un marido espantoso y un padre peor aún».

Gavin sacó un bolígrafo del bolsillo, pero le temblaba la mano cuando intentó firmar los papeles.

No, no podía hacerlo, de modo que tiró el bolígrafo y se levantó del sofá.

Aguantar otro día, por no hablar de una vida entera, sin Sabrina le parecía insoportable. Cuando lo pensaba casi no podía respirar. ¿Pero por qué? Él nunca había querido una esposa y mucho menos un hijo.

«Porque te has enamorado de la mujer con la que te casaste».

Gavin se quedó helado. Él no estaba enamorado. Nunca se había enamorado…

Hasta que conoció a Sabrina.

En el poco tiempo que habían estado juntos, Sabrina lo había afectado como nadie. Ella le había mostrado lo agradable y cálido que podía ser un hogar y le había recordado el cariño que sentía por Aspen. Le había enseñado que el amor significaba poner las necesidades de la otra persona por encima de las tuyas…

Por un momento, mientras le contaba que estaba embarazada, había visto un brillo de felicidad en sus ojos… un brillo que él había borrado con sus crueles palabras.

Pero quería ver ese brillo de felicidad otra vez. No podría vivir preguntándose si Sabrina y el hijo que habían creado entre los dos eran felices, si estarían bien. Y marcharse de Aspen para evitarla como había hecho con su padre le parecía repugnante.

La lección más importante que había aprendido

de Sabrina era que unos malos padres no originaban necesariamente un hijo con problemas emocionales. Ella era el mejor ejemplo. A pesar de la falta de apoyo de sus padres, Sabrina no podía ser más cálida ni más generosa. Y no había dejado que la muerte de su marido o la pérdida de su primer hijo la convirtiesen en una persona amargada, al contrario.

Gavin apretó los puños. Quería una oportunidad de criar a ese hijo con ella, aunque sabía que no tenía lo que hacía falta.

Pero tal vez con la ayuda de Sabrina aprendería a ser un buen padre.

«Podrías terminar decepcionando a Sabrina, a tu hijo y a ti mismo».

Pero ése era un riesgo que estaba depuesto a correr. Si no era demasiado tarde.

Aunque antes tenía que hablar con sus hermanos porque lo que estaba a punto de hacer los afectaría también a ellos. Tenía que encontrar la forma de demostrarle a Sabrina que ella valía para él mucho más que una propiedad.

–Te has pasado un poco cocinando, ¿no? –le preguntó su abuelo, mirando la encimera llena de pasteles, galletas y una colección de platos para la cena de Acción de Gracias.

–Quería probar varias recetas –respondió Sabrina–. Además, son las favoritas de la abuela.

–¿Y cocinar te quita la pena?

–¿Perdona?

–Colleen siempre cocinaba como una loca cuando estaba disgustada por algo. Yo comía mejor cuando ella tenía algún problema que resolver.

Sabrina bajó la cabeza. ¿Tan transparente era?

—Estoy bien, abuelo.

Henry soltó un bufido.

—¿Vas a dejar que se salga con la suya?

—¿Qué quieres decir?

—¿Vas a dejar que salga corriendo como un conejo asustado?

Sabrina estuvo a punto de hacerse la tonta y preguntar: ¿quién? Pero su abuelo no se lo tragaría. Se había mostrado inquieto desde que volvió al hostal y su inquietud aumentaría cuando supiera que estaba embarazada, pero aún no había reunido valor para darle la noticia.

—Gavin no está asustado. Se casó conmigo por la parcela y ya es suya. Fin de la historia.

Henry sacudió la cabeza.

—Si fuera el fin de la historia, no habrías cocinado para un ejército.

Ella carraspeó, incómoda.

—Tú sabes que los clientes vuelven de las pistas muertos de hambre.

Su abuelo sacudió la cabeza, entristecido.

—No sabía que fueras a echarte atrás al encontrar un obstáculo, hija. Siempre había admirado tus agallas. Hasta ahora.

—¿Y qué quieres que haga?

—Tú misma tendrás que responder a esa pregunta. Pero te diré una cosa: esconderte en la cocina no va a resolver el problema y no va a hacerte feliz.

Después de decir eso se dio la vuelta, dejándola sola.

Si pudiera dar marcha atrás... pensó Sabrina. Si pudiera volver a no sentir nada... No, pensó entonces, pasándose una mano por el abdomen. Si volviera atrás no tendría a su hijo y los momentos de felicidad que había vivido con Gavin no existirían.

Su relación había sido demasiado rápida, demasiado intensa. Demasiado bonita para ser verdad. Y ahora, demasiado dolorosa.

Había buscado la atención de sus padres sin conseguirla. Luego le había suplicado a Russell que volviera a casa y compartiera su dolor cuando perdió el niño. Y aunque sus superiores le habrían dado unos días de permiso, Russell había elegido quedarse con sus hombres y hacer su trabajo.

Y no pensaba aceptar otro rechazo por parte de Gavin.

«Si no tienes agallas para pedir algo es que no lo mereces», le pareció escuchar la voz de su abuela como si estuviera allí mismo en la cocina.

¿Pero tendría razón?

Sabrina se quitó el delantal. No, ella no iba a suplicar amor. Esperaba que Gavin la quisiera por ella misma, que necesitara estar con ella tanto como lo necesitaba ella. Si no era así, no quería su amor.

«Sí lo quieres».

Triste, pero cierto. Seguía amándolo. Gavin le había hecho daño, pero también le había enseñado a sentir otra vez. Y ésa era la clave. Cuando uno amaba tanto a alguien, tenía que luchar por lo que quería.

Tenía que comprobar si todo había sido una farsa por su parte. Sus caricias, sus sonrisas, sus detalles, todo le había parecido tan genuino... no una farsa con el único objeto de convencerla para que se casara con él.

¿Y no merecía su hijo algo más que un padre con el que no tendría contacto?

Sí, pensó. Y la única manera de conseguir eso era encontrar valor para hablar con Gavin y exigirle que se enfrentara con sus responsabilidades. Si ya había firmado el documento en el que le cedía la custodia, tendría que hacer que cambiase de opinión.

Y como su abuelo había señalado tan sabiamente, no podía hacer eso escondida en la cocina.

—¿Meg?

La encargada de la limpieza, que últimamente dormía allí para atender a su abuelo, asomó la cabeza desde el cuarto de la plancha.

—¿Sí?

—Voy a salir.

—¿Con este tiempo? Cariño, necesitarás un trineo. Esta nevando muchísimo.

Sorprendida, Sabrina se acercó a la ventana y comprobó que Meg tenía razón.

—Supongo que podría poner las cadenas.

—¿No puedes esperar hasta mañana?

—No, no puedo esperar un minuto más —Sabrina se puso el parka y los guantes—. La cena está en el horno.

—Las chicas y yo nos encargaremos de servir a los clientes. Pero ten cuidado, las carreteras están muy resbaladizas.

Sabrina sintió una punzada de culpabilidad por dejar a las empleadas del hostal lidiando con los clientes, pero para eso contrataba gente durante la

183

temporada alta, pensó mientras se dirigía al establo para buscar las cadenas.

Su corazón dio un vuelco al entrar allí, recordando el día que fueron a dar un paseo en el coche de caballos. Allí era donde habían creado a su hijo y nunca podría volver a escuchar cascabeles sin pensar en Gavin. Pero en aquel momento tenía cosas más importantes que hacer.

Curiosamente, le pareció escuchar cascabeles mientras buscaba las cadenas. Seguramente serían turistas dando un paseo, pensó.

Pero cuando salía del establo con las cadenas en la mano se detuvo de golpe al ver a Gavin en la puerta del hostal.

En el camino de entrada había un trineo tirado por caballos…

–Gavin.

Él se acercó en dos zancadas.

–Sabrina, tengo que hablar contigo.

–Pero…

–Sube –dijo Gavin, señalando el trineo.

–Hace frío. ¿No prefieres meter a los caballos en el establo y entrar en el hostal?

–Si entramos juntos en el establo terminaremos haciendo el amor y, aunque te deseo como nunca, eso tendrá que esperar.

Sabrina sintió un escalofrío.

–Pero yo… iba a buscarte.

Gavin le quitó las cadenas de las manos y las llevó de vuelta al establo.

¿Qué hacía allí? ¿Había ido a llevar los papeles del divorcio firmados? ¿El documento por el que renunciaba a la custodia de su hijo?

–Con este tiempo, el trineo es más seguro que las ruedas. Vamos.

Gavin la tomó del brazo y ella tragó saliva. ¿Cómo podía afectarla tanto su proximidad estando tan furiosa como estaba? Gavin se había casado con ella por la parcela. ¿O no? ¿Tendría su abuelo razón? ¿Estaría intentando escapar de lo que había entre ellos?

–¿Seguro que es buena idea?

–Los caballos están acostumbrados a la nieve –Gavin la ayudó a subir al vehículo, que tenía esquíes en lugar de ruedas, y tomó las riendas para dirigirse a la carretera donde, afortunadamente, apenas había tráfico debido a la nevada.

–¿Adónde vamos?

–Ya lo verás. ¿Estás cómoda?

–Sí –murmuró Sabrina. Una gruesa manta la protegía del frío y la capota evitaba que nevara sobre sus cabezas, pero nada de eso resolvía sus dudas. ¿Cómo iba a pedirle a un hombre que fuera un buen padre si no estaba dispuesto a serlo?

Gavin dirigió el trineo hacia Jarrod Ridge y tomó el camino de la mina, la causa de todo lo que había ocurrido en los últimos veinticuatro días: su encuentro, su boda, el embarazo y la separación.

–Mira en ese compartimento.

Sabrina se inclinó un poco hacia delante para abrir una puertecita en el salpicadero y sacó unos papeles.

–Es la escritura de la mina.

–A tu nombre –dijo Gavin.

Ella lo miró, sorprendida.

–¿Por qué?

Gavin detuvo el trineo y soltó las riendas. Y cuando Sabrina miró alrededor notó que habían estado removiendo tierra…

–He parado la construcción del bungaló.

–¿Por qué? –repitió ella, sin entender.

–Porque me casé contigo bajo falsas premisas. Esta parcela es tuya, cariño –Gavin la miró a los ojos–. Pero espero que la compartas conmigo. Y con nuestro hijo.

–¿Qué estás diciendo?

–Puede que me casara contigo por las razones equivocadas, pero me enamoré de ti sin darme cuenta.

Sabrina sintió que sus ojos se empañaban y buscó en los de Gavin para ver si hablaba de corazón.

–Yo…

–No, espera, déjame terminar. Me has robado el corazón con tus sonrisas, con tu generosidad, con tu valor. Tú me has recordado por qué sentía tanto cariño por Aspen.

Sin darse cuenta, Sabrina arrugó los papeles que tenía en la mano, dejándolos sobre el asiento.

Sonriendo, Gavin le ofreció su mano y, demasiado desconcertada como para protestar, ella dejó que la ayudase a bajar del trineo.

–Le dije a Henry que si algún día volvía a Aspen construiría una casa mirando el valle. Ese día no tuve valor para enfrentarme con los amargos recuerdos que había dejado aquí. Hoy, gracias a ti, sí lo tengo.

–Yo no quiero ser el ancla de nadie. Sé que te encanta tu trabajo y…

–Tú no eres un ancla, al contrario. La idea de no verte todos los días, de no tenerte entre mis brazos por las noches, sencillamente me hace perder la cabeza. No podría soportarlo.

A Sabrina se le doblaron las rodillas.

–No estás diciendo eso sólo por el niño, ¿verdad?

Gavin negó con la cabeza.

–No había esperado encontrarte y el niño es un regalo más, el primero de muchos que espero tener contigo. Vamos a construir una casa en este sitio, mirando el hostal, y vamos a formar una familia.

–Pero tu trabajo…

–He viajado por todo el mundo porque no tenía ninguna razón para echar raíces. Estaba intentando llenar un vacío que tú borraste en el momento en que te conocí –dijo Gavin–. Puedo limitarme a hacer trabajos en Colorado o ser asesor en proyectos que no me alejen de ti –añadió, quitándose los guantes y luego los de ella para entrelazar sus dedos–. Sé mi razón para volver a casa todos los días, Sabrina.

Estaba ofreciéndole todo lo que ella había soñado…

–No quiero que sientas que lo estás dejando todo por mí. No quiero que nuestro hijo se sienta como una carga.

–Nunca se sentirá como una carga. Te quiero y querré a ese hijo tanto como tú si me dejas ser parte de tu vida. No perderé nada y lo ganaré todo –Gavin levantó su cara con un dedo–. Dime que no te he perdido, que sigues queriéndome.

Una lágrima rodó por su mejilla, pero él la apartó con el dedo.

–Te quiero, Gavin. Y quiero pasar el resto de mi vida demostrándote cuánto.

–Prometo que no lo lamentarás –dijo él, tomándola entre sus brazos y besándola con tal ternura que los ojos de Sabrina se llenaron de lágrimas.

–¿Adónde vamos? –le preguntó, cuando empezó a tirar de ella.

–A la mina. Quiero grabar nuestras iniciales en esa viga –respondió él–. Uno de estos días le contaremos a nuestros nietos que todo empezó aquí, en este agujero en la tierra lleno de plata y de sueños. Pero la riqueza no estaba en los minerales, sino en nuestros corazones.

En el Deseo titulado
La razón perfecta, de Heidi Betts,
podrás terminar la serie
LOS JARROD

Deseo™

Con este anillo…

NATALIE ANDERSON

Ana no se podía creer su buena suerte cuando el irresistiblemente sexy Sebastian Rentoul le propuso matrimonio. Él no la hacía sentir como una larguirucha desgarbada y torpe, sino como una supermodelo despampanante y deseable. Hasta que se dio cuenta de que ser su mujer no significaba tener su amor.

Ana pidió el divorcio y siguió con su vida. Pero Seb, fascinado más que nunca por su reticente mujer, decidió asegurarse de que ella entendiera cuánto placer se estaba perdiendo.

Para amarte, honrarte…
y desobedecerte

*No era tan inmune a sus encantos masculinos
como fingía ser*

Toni George necesitaba un trabajo para pagar las deudas de juego que su difunto marido había acumulado en secreto. Con dos gemelas pequeñas que alimentar, no tuvo más remedio que aceptar un trabajo con Steel Landry, un famoso rompecorazones.

Steel se sintió intrigado y algo más que atraído por la bella Toni, aunque sabía que estaba fuera de su alcance...

Deuda del corazón

Helen Brooks

Deseo™

Dulce rendición

KATE CARLISLE

¿Casarse y tener hijos? Cameron Duke no tenía el menor interés en ninguna de las dos cosas. Pero una aventura con Julia Parrish lo cambió todo. Al descubrir que la preciosa repostera había tenido un hijo suyo, sus prioridades cambiaron. Se casaría con ella y reconocería a su hijo, pero mantendría su corazón a buen recaudo.

Julia nunca se había planteado un matrimonio de conveniencia. Siempre le había gustado Cameron y convertirse en su mujer era una oferta tentadora. Pero la nueva esposa y madre se dio cuenta de que quería mucho más de su marido: quería su amor.

El bebé sorpresa del millonario